丆尺丹几乙し丹丆と

Translated Language Learning

Alices Abenteuer im Wunderland

Aliceine Avanture u Zemlji Čudesa

Lewis Carroll

Deutsch / Hrvatski

Runter in den Kaninchenbau
Niz zečju rupu

Alice fing an, sehr müde zu werden
Alice se počela jako umarati
Sie saß neben ihrer Schwester auf der Grasbank
sjedila je pored svoje sestre na travnatoj obali
aber sie hatte nichts zu tun
ali nije imala što raditi
Ihre Schwester las ein Buch
njezina sestra je čitala knjigu
Ein- oder zweimal schaute Alice in das Buch
jednom ili dvaput Alice je zavirila u knjigu
aber das Buch enthielt keine Bilder oder Gespräche
ali u knjizi nije bilo slika ili razgovora
"Was nützt ein Buch ohne Bilder?", dachte Alice
"Kakva korist od knjige bez slika?", pomisli Alice
"Warum sollte ein Buch keine Gespräche führen?"
"Zašto knjiga ne bi imala razgovore?"
Aber sie hatte noch andere Dinge zu bedenken
Ali morala je uzeti u obzir druge stvari

"Es wäre ein Vergnügen, eine Kette aus Gänseblümchen zu machen"
"Pravljenje lanca tratinčica bilo bi zadovoljstvo"
"Aber lohnt es sich, aufzustehen und die Gänseblümchen zu pflücken??"
"Ali je li vrijedno truda ustati i brati tratinčice??"
Das war nicht so leicht zu denken
o tome nije bilo tako lako razmišljati
weil sie sich an diesem Tag schläfrig und dumm fühlte
jer se zbog tog dana osjećala pospano i glupo
aber plötzlich wurden ihre Gedanken unterbrochen
ali odjednom su joj se misli prekinule
ein weißes Kaninchen mit rosa Augen lief dicht an ihr vorbei
Bijeli Zec ružičastih očiju trčao je blizu nje

Es war nichts übermäßig Bemerkenswertes an dem Kaninchen
U zecu nije bilo ničeg pretjerano izvanrednog
und Alice fand das Kaninchen auch nicht bemerkenswert
a ni Alisa nije smatrala da je zec izvanredan

auch überraschte es sie nicht, als das Kaninchen sprach
niti ju je iznenadilo kad je Zec progovorio
»O je! Ich werde zu spät kommen!« sagte er zu sich selbst
"O, Bože! Zakasnit ću!" rekao je u sebi
aber dann tat das Kaninchen etwas, was Kaninchen nicht tun
ali onda je Zec učinio nešto što zečevi nisu učinili
das Kaninchen zog eine Uhr aus der Westentasche
Zec izvadi sat iz džepa prsluka
Er schaute auf die Uhr und eilte dann weiter
pogledao je vrijeme i požurio dalje
Alice erhob sich erstaunt
Alice je ustala na noge, začuđena
Sie hatte noch nie zuvor ein Kaninchen mit Weste gesehen!
nikada prije nije vidjela zeca s prslukom!
noch hatte sie je ein Kaninchen mit einer Uhr gesehen!
niti je ikada vidjela zeca sa satom!
Alice brannte vor neuer Neugierde
Alice je gorjela od nove znatiželje
und sie rannte über das Feld hinter dem Kaninchen her
i otrčala je preko polja za Zecom
Sie kam gerade noch rechtzeitig, um das Kaninchen verschwinden zu sehen
Stigla je taman na vrijeme da vidi kako zec nestaje
Das Kaninchen hüpfte in einen großen Kaninchenbau hinab
Zec je skočio u veliku zečju rupu
Im nächsten Augenblick stürzte Alice hinter dem Kaninchen her!
U drugom trenutku, Alice je krenula za zecom!
Der Kaninchenbau ging geradeaus wie ein Tunnel
Zečja rupa išla je ravno poput tunela
und der Tunnel ging noch eine Weile weiter
a tunel je nastavio ići na određenoj udaljenosti
und dann senkte sich der Weg plötzlich hinunter
a onda je staza iznenada zaronila
Alice hatte keinen Augenblick, daran zu denken, ob sie sich zurückhalten sollte

Alice nije imala ni trenutka razmišljati o tome da se zaustavi
Sie fiel hin und hinunter und hinunter
Našla se kako pada dolje i dolje i dolje
Es schien, als sei sie in einen sehr tiefen Brunnen gefallen
činilo se kao da je pala u vrlo dubok bunar
Entweder war der Brunnen sehr tief, oder sie fiel sehr langsam
Ili je bunar bio vrlo dubok, ili je padala vrlo sporo
denn sie hatte viel Zeit zum Fallen
jer je imala dovoljno vremena za pad
Als sie fiel, konnte sie sich umsehen
dok je padala, mogla je gledati svuda oko sebe
Zuerst versuchte sie herauszufinden, wohin sie ging
Prvo je pokušala razabrati kamo ide
aber der Brunnen war zu dunkel, um etwas zu sehen
ali bunar je bio previše mračan da bi se išta vidjelo
Dann blickte sie auf die Seiten des Brunnens
Zatim je pogledala stranice bunara
Und sie bemerkte, dass überall um sie herum Schränke standen
i primijetila je da su posvuda oko nje ormari
und rings um den Brunnen waren Bücherregale
a posvuda oko bunara bile su police s knjigama
Hier und da sah sie Karten und Bilder, die an Pflöcken hingen
tu i tamo vidjela je karte i slike obješene na klinovima
Im Vorbeigehen nahm sie ein Glas aus einem der Regale
Skinula je staklenku s jedne od polica dok je prolazila
Das Glas wurde für seinen Inhalt gekennzeichnet
staklenka je bila označena zbog svog sadržaja
"MARMELADE AUS ORANGEN"
"MARMELADA OD NARANČI"
Aber zu ihrer großen Enttäuschung war das Marmeladenglas leer
ali, na njezino veliko razočaranje, staklenka s marmeladom bila je prazna
Sie wollte das leere Marmeladenglas nicht fallen lassen

Nije htjela ispustiti praznu staklenku s marmeladom
und ihr Fall war sehr langsam
a njezin pad bio je vrlo spor
So schaffte sie es, das Marmeladenglas in einen der Schränke zu stellen
Tako je uspjela staviti staklenku s marmeladom u jedan od ormarića
Nieder, hinunter, hinunter fiel sie!
Dolje, dolje, dolje pada!
Würde der Fall jemals ein Ende haben?
Hoće li jesen ikada završiti?
Es gab nichts anderes zu tun
Nije se moglo ništa drugo raditi
so fing Alice bald an, mit sich selbst zu reden
pa je Alice ubrzo počela razgovarati sama sa sobom
»Dinah wird mich heute abend sehr vermissen, sollte ich meinen!«
"Mislim da ću večeras jako nedostajati Dini!"
Dinah war Alices Katze
Dinah je bila Alisina mačka
»Ich hoffe, sie werden sich an ihre Untertasse mit Milch zur Teezeit erinnern.«
"Nadam se da će se sjetiti njezinog tanjurića s mlijekom za vrijeme čaja"
»Dinah, meine Liebe, ich wünschte, du wärst hier unten bei mir!«
"Dinah, draga moja, volio bih da si ovdje dolje sa mnom!"
Alice fühlte, als würde sie einschlafen
Alice je osjetila da drijema
Und dann plötzlich, dumpf! Bums!
A onda odjednom, udarac! snažan udarac!
Sie fiel auf einen Haufen Stöcke
pala je na hrpu štapova
und sie landete auf einem Haufen trockener Blätter
i sletjela je na hrpu suhog lišća
Und endlich war der lange Sturz in das Loch vorbei
i konačno je dugi pad u rupu bio gotov

Alice war kein bisschen verletzt
Alice nije bila nimalo povrijeđena
und sie sprang in einem Augenblick auf
i skočila je u trenu
Sie blickte auf, aber es war alles dunkel über ihr
Podignula je pogled, ali sve je bilo mračno iznad glave
Vor ihr lag ein weiterer langer Korridor
Ispred nje je bio još jedan dugačak hodnik
und das weiße Kaninchen war noch in Sicht
a Bijeli Zec je još uvijek bio na vidiku
Er eilte den Korridor hinunter
žurio je niz hodnik
Es war kein Augenblick zu verlieren
Nije bilo trenutka za gubljenje
davonlief Alice wie der Wind
Alice je pobjegla kao vjetar
um die Ecke drehte sich das Kaninchen
Iza ugla se okrenuo zec
Sie kam gerade noch rechtzeitig, um das Kaninchen zu hören
stigla je taman na vrijeme da čuje zeca
"Oh, meine Ohren und Schnurrhaare"
"O, moje uši i brkovi"
"Wie spät es wird!"
"Kako kasno postaje!"
Sie war dicht hinter dem Kaninchen
Bila je blizu zeca
Sie bog um eine weitere Ecke
Skrenula je iza drugog ugla
aber das Kaninchen war nicht mehr zu sehen
ali Zeca se više nije moglo vidjeti
Sie befand sich in einer langen, niedrigen Halle
Našla se u dugačkoj, niskoj dvorani
Der Saal wurde von einer Reihe von Deckenlampen erleuchtet
dvorana je bila osvijetljena nizom stropnih svjetiljki
Überall im Saal gab es Türen

Vrata su bila po cijelom hodniku
aber alle Türen waren verschlossen
ali sva su vrata bila zaključana
Sie ging den ganzen Weg an der einen Seite des Flurs hinunter
hodala je cijelim putem niz jednu stranu hodnika
Und sie war den ganzen Weg auf der anderen Seite des Flurs hinaufgegegangen
i hodala je cijelim putem na drugu stranu hodnika
Sie hatte jede Tür ausprobiert
isprobala je sva vrata
Und sie ging traurig in der Mitte des Saales entlang
i tužno je hodala sredinom hodnika
"Wie komme ich da mal wieder raus?"
"Kako ću ikada više izaći?"

Plötzlich stieß sie auf einen kleinen Tisch
Odjednom je naišla na mali stolić
Der Tisch wurde komplett aus massivem Glas gefertigt
Stol je u potpunosti izrađen od čvrstog stakla
Auf dem Tisch lag nichts als ein winziger goldener

Schlüssel
Na stolu nije bilo ničega osim sićušnog zlatnog ključa
Der Schlüssel könnte zu einer der Türen gehören!
Ključ bi mogao pripadati jednim od vrata!
**Aber ach! Einige der Schlösser waren zu groß für die
Schlüssel**
ali, nažalost! Neke su brave bile prevelike za ključeve
und für die anderen Schlösser war der Schlüssel zu klein
a za ostale brave ključ je bio premalen
aber auf jeden Fall öffnete der Schlüssel keine der Türen
ali, u svakom slučaju, ključ nije otvorio nijedna vrata
Aber was sollte sie tun?
ali što je trebala učiniti?
Sie ging wieder durch den Saal
Opet je prošla kroz hodnik
Und diesmal bemerkte sie einen niedrigen Vorhang
i ovaj put primijetila je nisku zavjesu
Hinter dem Vorhang war eine kleine Tür
Iza zavjese bila su mala vrata
Die Tür war etwa fünfzehn Zoll hoch
vrata su bila visoka oko petnaest centimetara
Sie probierte den kleinen goldenen Schlüssel im Schloss aus
Isprobala je mali zlatni ključ u bravi
Und zu ihrer großen Freude passte der Schlüssel ins Schloss!
i na njezino veliko oduševljenje, ključ je stao u bravu!
Alice öffnete die Tür
Alice je otvorila vrata
und sie fand, daß die Tür in einen kleinen Korridor führte
i našla je vrata koja su vodila u mali hodnik
Der Korridor war nicht viel größer als ein Rattenloch
hodnik nije bio puno veći od štakorske rupe
Sie kniete nieder und blickte den Korridor entlang
Kleknula je i pogledala hodnikom
Und sie sah den schönsten Garten, den du je gesehen hast
i vidjela je najljepši vrt koji ste ikada vidjeli
**wie sehr sie sich danach sehnte, aus dieser dunklen Halle
herauszukommen**

kako je čeznula da izađe iz te mračne dvorane
wie sie sich wünschte, zwischen diesen leuchtenden Blumen zu wandern
Kako je željela lutati među tim svijetlim cvjetovima
Wie cool die Erfrischung dieser Brunnen aussah
Kako su cool osvježavajuće te fontane izgledale
aber sie konnte nicht einmal ihren Kopf durch die Tür stecken
ali nije mogla ni glavom provući kroz vrata
»Oh,« sagte Alice traurig
"Oh", reče Alice, tužno
»wie sehr wünschte ich, ich könnte mich zusammenfalten wie ein Fernrohr!«
"kako bih volio da se mogu sklopiti poput teleskopa!"
"Ich glaube, ich könnte mich zusammenfalten wie ein Teleskop"
"Mislim da bih se mogao sklopiti poput teleskopa"
"Wenn ich nur wüsste, wie ich anfangen sollte"
"Kad bih samo znao kako početi"
Alice ging zurück an den Tisch
Alice se vratila za stol
Es bestand die Möglichkeit, einen weiteren Schlüssel zu finden
Postojala je šansa za pronalaženje drugog ključa
Oder es gibt ein Buch mit Regeln
ili možda postoji knjiga pravila
Das Buch könnte ihr sagen, wie man sich wie ein Teleskop zusammenfaltet
knjiga joj je mogla reći kako se sklopiti poput teleskopa
Diesmal fand sie ein Fläschchen
Ovaj put je pronašla malu bočicu
"Diese Flasche war gewiß vorher nicht hier," sagte Alice
"Ova boca sigurno nije bila ovdje prije", reče Alice
Und um den Flaschenhals war ein Papieretikett gebunden
a oko vrata boce bila je vezana papirnata naljepnica
Das Etikett war wunderschön in großen Buchstaben gedruckt
gedruckt

naljepnica je bila lijepo tiskana velikim slovima
"TRINK MICH"
"PIJ ME"
»Nein, ich werde erst nachsehen«, sagte sie
"Ne, ja ću prvo pogledati", rekla je
"Ich werde sehen, ob die Flasche als giftig gekennzeichnet ist oder nicht."
"Vidjet ću je li boca označena kao otrovna ili ne,"
weil sie die Lektion über das Gift nie vergessen hat
jer nikada nije zaboravila lekciju o otrovu
"Wenn eine Flasche als giftig gekennzeichnet ist, wird sie Ihnen bestimmt nicht zustimmen"
"Ako je boca označena kao otrovna, sigurno se neće složiti s vama"
Diese Flasche war jedoch nicht als giftig gekennzeichnet
Međutim, ova boca nije označena kao otrovna
so wagte Alice es, den Inhalt der Flasche zu kosten
pa se Alisa odvažila kušati sadržaj boce
Sie fand die Flüssigkeit ganz nach ihrem Geschmack
Otkrila je da joj se tekućina sasvim sviđa
Das Getränk hatte einen gemischten Geschmack
piće je imalo neku vrstu mješovitog okusa
Kirschkuchen, Vanillepudding und Ananas
trešnja-tarta, krema i ananas
Gebratener Truthahn, Toffee und Toast mit heißer Butter
Pečena puretina, karamela i tost s vrućim maslacem
und bald trank sie die Flasche aus
i ubrzo je dovršila bocu
"Was für ein merkwürdiges Gefühl!" sagte Alice
"Kakav čudan osjećaj!" reče Alice
"Ich klappe mich zusammen wie ein Teleskop!"
"Sklapam se kao teleskop!"
Und sie faltete sich tatsächlich zusammen wie ein Teleskop!
I doista se sklapala poput teleskopa!
Sie war jetzt nur noch zehn Zentimeter groß
Sada je bila visoka samo deset centimetara
und ihr Gesicht erhellte sich bei ihren Gedanken

a lice joj se razvedrilo od misli
Jetzt hatte sie die richtige Größe für das Türchen
sada je bila prave veličine za mala vrata
Jetzt konnte sie in diesen schönen Garten gehen
sada je mogla ući u taj ljupki vrt
Bald hörte sie auf, kleiner zu werden
ubrzo je prestala postajati manja
Sie beschloß, sofort in den Garten zu gehen
odlučila je odmah otići u vrt
aber wehe der armen Alice!
ali, jao za jadnu Alice!
Sie kam zur Tür
Stigla je do vrata
Aber sie hatte den kleinen goldenen Schlüssel vergessen
ali zaboravila je mali zlatni ključ
Sie ging zurück zum Tisch, um den Schlüssel zu holen
Vratila se do stola po ključ
aber sie merkte, daß sie nicht hoch genug greifen konnte
ali otkrila je da ne može dosegnuti dovoljno visoko
Sie konnte den Schlüssel ganz deutlich durch das Glas sehen
mogla je jasno vidjeti ključ kroz staklo
Sie versuchte, die Beine des Tisches hinaufzuklettern
Pokušala se popeti na noge stola
Aber das Glas war viel zu rutschig
Ali staklo je bilo previše sklisko
Irgendwann erschöpfte sie sich mit dem Versuch
Na kraju se umorila od pokušaja
Und das arme kleine Mädchen setzte sich hin und weinte
a jadna djevojčica sjedne i zaplače
Alice sprach ziemlich scharf mit sich selbst
Alice je govorila sama sebi prilično oštro
"Komm, es hat keinen Zweck, so zu weinen!"
"Hajde, nema smisla tako plakati!"
"Ich rate dir, gleich aufzuhören!"
"Savjetujem ti da odmah staneš!"
Sie gab sich im Allgemeinen sehr gute Ratschläge

Općenito si je davala vrlo dobre savjete
obwohl sie nur sehr selten ihren eigenen Rat befolgte
iako je vrlo rijetko slijedila vlastite savjete
und sie war manchmal zu streng mit sich selbst
a ponekad je bila prestroga prema sebi
und ihre Worte trieben ihr Tränen in die Augen
a njezine su joj riječi natjerale suze na oči
Bald fiel ihr Blick auf einen kleinen Glaskasten
Ubrzo joj je pogled pao na malu staklenu kutiju
Der kleine Glaskasten lag unter dem Tisch
mala staklena kutija ležala je ispod stola
In dem Glaskasten befand sich ein sehr kleiner Kuchen
U staklenoj kutiji bila je vrlo mala torta
Auf dem Kuchen waren einige Worte schön geschrieben
Na torti su neke riječi bile lijepo napisane
die Worte waren in Johannisbeeren markiert worden
riječi su bile označene ribizom
"MICH ESSEN"
"JEDI ME"
"Nun, ich werde den Kuchen essen," sagte Alice
"Pa, pojest ću kolač", reče Alice
**"Und wenn mich der Kuchen größer werden lässt, kann ich
den Schlüssel erreichen"**
"a ako me kolač učini većim, mogu doći do ključa"
**"Und wenn mich der Kuchen kleiner werden lässt, kann ich
unter die Tür kriechen"**
"a ako me kolač smanji, mogu se uvući ispod vrata"
"Also so oder so komme ich in den Garten"
"pa u svakom slučaju ući ću u vrt"
"Und es ist mir egal, was von beidem passiert!"
"I nije me briga što će se od to dvoje dogoditi!"
Sie aß ein wenig von dem Kuchen
Pojela je malo kolača
und sie sprach ängstlich zu sich selbst:
i zabrinuto je govorila sama sebi:
"In welche Richtung? In welche Richtung?"
"Kojim putem? Kojim putem?"

und sie hielt die Hand auf den Kopf
i držala je ruku na glavi
Sie wollte spüren, in welche Richtung sie wuchs
željela je osjetiti u kojem smjeru raste
Sie war ganz überrascht, als sie erfuhr, was geschehen war
bila je prilično iznenađena kad je saznala što se dogodilo
Sie war gleich groß geblieben!
ostala je iste veličine!
Also verdoppelte sie dieses Mal ihre Bemühungen
pa je ovaj put udvostručila svoje napore
Und bald war der ganze Kuchen fertig
i ubrzo je dovršila cijelu tortu

Der Pool der Tränen

Lokva suza

"Das wird immer interessanter!" rief Alice

"Ovo postaje sve zanimljivije!" uzviknula je Alice

Man kann sehen, dass sie sehr überrascht war

Možete vidjeti da je bila jako iznenađena

"Ich öffne mich wie das größte Teleskop, das es je gab!"

"Otvaram se kao najveći teleskop koji je ikada postojao!"

»Auf Wiedersehen, Füße! Oh, meine armen kleinen Füße"

"Zbogom, stopala! O, moja jadna mala stopala"

"Ich frage mich, wer euch jetzt die Schuhe anziehen wird, meine Lieben?"

"Pitam se tko će vam sada obući cipele, dragi?"

»und ich frage mich, wer Ihre Strümpfe anziehen wird?«

"I pitam se tko će ti staviti čarape?"

"Ich werde viel zu weit weg sein"

"Bit ću predaleko"

"Ich werde mich nicht mehr um dich kümmern können"

"Neću se više moći mučiti oko tebe"

In diesem Augenblick schlug ihr Kopf gegen etwas

Upravo u tom trenutku glava joj je udarila o nešto

Sie hatte das Dach des Saales erreicht

stigla je do krova dvorane

Tatsächlich war sie jetzt mehr als zwei Meter groß

Zapravo, sada je bila visoka više od dva metra

und sie ergriff sogleich den kleinen goldenen Schlüssel

i odmah je uzela mali zlatni ključ

und sie eilte zur Gartentür

i požurila je do vrtnih vrata

Arme Alice! Es gab nicht viel, was sie tun konnte

Jadna Alice! Nije mogla puno učiniti

Sie legte sich auf die Seite

Legla je na jednu stranu

Und sie blickte mit einem Auge in den Garten hinein

i pogledala je u vrt jednim okom

Aber durchzukommen war hoffnungsloser denn je

Ali proći je bilo beznadnije nego ikad

Sie setzte sich und fing wieder an zu weinen
Sjela je i ponovno počela plakati
Sie fuhr fort, literweise Tränen zu vergießen
Nastavila je prolijevati galone suza
Bald war ein großer Pool um sie herum
Uskoro je oko nje bio veliki bazen
und das Wasser reichte bis zur Hälfte des Flurs
i voda je stigla do pola hodnika
Nach einer Weile hörte sie ein leises Getrappel von Füßen
Nakon nekog vremena začula je malo lupkanje nogu
Sie hörte die Füße aus der Ferne kommen
čula je stopala kako dolaze iz daljine
Und sie trocknete sich hastig die Augen, um zu sehen, was kommen würde
i žurno je osušila oči da vidi što dolazi
Es war das weiße Kaninchen, das zurückkehrte
Bio je to Bijeli Zec koji se vraćao
Er war prächtig gekleidet
Bio je sjajno odjeven
Er hatte ein Paar weiße Handschuhe in der einen Hand
u jednoj ruci imao je par bijelih rukavica
Und in der anderen Hand hatte er einen großen Federfächer
a u drugoj ruci imao je veliku lepezu od perja
Er kam in großer Eile dahergetrabt
Krenuo je u velikoj žurbi
und er murmelte vor sich hin: »Ach! die Herzogin, die Herzogin!«
i promrmljao je u sebi: "Oh! vojvotkinja, vojvotkinja!"
»Ach! wird sie nicht wild sein, wenn ich sie habe warten lassen?«
"Oh! neće li biti divlja ako sam je ostavio da čeka!"

Als das Kaninchen in ihre Nähe kam, sprach Alice
Kad joj se Zec približio, Alice je progovorila
aber sie sprach mit leiser, schüchterner Stimme
ali ona je govorila tihim, plašljivim glasom
"Sir, bitte hören Sie für einen Moment auf, was Sie tun"
"Gospodine, molim vas, prestanite na trenutak s onim što
radite"
Das Kaninchen erschrak heftig
Zec se silovito zaprepastio
Er ließ die weißen Handschuhe und den Federfächer fallen
Ispustio je bijele rukavice i lepezu od perja
und er eilte fort in die Dunkelheit, so schnell er konnte
i odjurio je u tamu što je brže mogao
Alice hob den Federfächer und die Handschuhe auf
Alice je uzela lepezu od perja i rukavice
**Und sie fächelte sich immer wieder Luft zu, während sie
sprach**
i nastavila se lepršati dok je govorila
»Liebes, liebes Kind! Wie seltsam ist das alles heute!"
"Dragi, dragi! Kako je danas sve čudno!"

"Gestern ging es weiter wie bisher"
"Jučer su se stvari odvijale kao i obično"
"War ich heute Morgen noch so, als ich aufgestanden bin?"
"Jesam li bio isti kad sam jutros ustao?"
"Aber wenn ich nicht mehr derselbe bin, dann ist das eine andere Frage"
"Ali ako nisam isti, postoji drugo pitanje"
"Wer in aller Welt bin ich?"
"Tko sam ja, zaboga?"
"Ah, das ist das große Rätsel!"
"Ah, to je velika zagonetka!"
Während sie das sagte, blickte sie auf ihre Hände hinunter
Dok je to govorila, pogledala je dolje u svoje ruke
Sie trug einen der kleinen weißen Handschuhe des Kaninchens
Nosila je jednu od zečjih malih bijelih rukavica
Sie hatte nicht bemerkt, dass sie den Handschuh angezogen hatte, während sie sprach
Nije primijetila da je stavila rukavicu dok je govorila
"Wie konnte ich das machen?" dachte sie
"Kako sam to mogla učiniti?" pomislila je
"Ich muss wieder klein werden"
"Mora da sam opet malen"
Sie stand auf und ging zum Tisch, um ihre Größe zu messen
Ustala je i otišla do stola da izmjeri svoju visinu
Sie stellte fest, dass sie jetzt etwa einen halben Meter groß war
otkrila je da je sada visoka oko pola metra
und sie schrumpfte immer noch schnell
i još uvijek se brzo smanjivala
Bald fand sie heraus, was die Ursache für das Schrumpfen war
Ubrzo je saznala što je uzrok smanjenja
Der Federfächer machte sie wieder kleiner!
Lepeza od perja ponovno ju je činila manjom!
Und sie ließ hastig den Federfächer fallen
i brzo je ispustila lepezu od perja

Sie ließ den Federfächer gerade noch rechtzeitig fallen, um sich zu retten
Ispustila je lepezu od perja taman na vrijeme da se spasi
Hätte sie sich noch länger Luft zugefächelt, wäre sie völlig zusammengeschrumpft
da se još više lepršala, potpuno bi se ustuknula
»Das war ein knappes Entkommen!« sagte Alice
"To je bio tijesan bijeg!" reče Alice
und sie erschrak sehr über die plötzliche Veränderung
i bila je prilično uplašena iznenadnom promjenom
aber sie war sehr froh, daß sie noch da war
ali bila je vrlo sretna što još uvijek postoji
"Und jetzt ab in den Garten!"
"A sada, u vrt!"
Und sie lief mit aller Geschwindigkeit zurück zu der kleinen Tür
I potrčala je svom brzinom natrag do malih vrata
Aber ach! Das Türchen wurde wieder geschlossen
ali, nažalost! mala vrata su se ponovno zatvorila
Und das goldene Schlüsselchen lag wieder auf dem Glastisch
i mali zlatni ključ opet je ležao na staklenom stolu
"Es ist schlimmer als je!" dachte das arme Kind
"Stvari su gore nego ikad", pomisli jadno dijete
"So klein war ich noch nie, niemals!"
"Nikad prije nisam bio tako mali, nikada!"
Bei diesen Worten rutschte ihr Fuß aus
Dok je izgovarala te riječi, noga joj je skliznula
Und im nächsten Augenblick gab es ein großes Plätschern!
i u sljedećem trenutku začuo se veliki pljusak!
Sie stand bis zum Kinn im Salzwasser
bila je do brade u slanoj vodi
Ihre erste Idee war, dass sie irgendwie ins Meer gefallen war
Njezina prva ideja bila je da je nekako pala u more
Sie erkannte jedoch bald, worin sie sich befand
Međutim, ubrzo je shvatila u čemu se nalazi
Sie war in einer Tränenlache

bila je u lokvi suza
**die Tränen, die sie geweint hatte, als sie zwei Meter groß
war**
suze koje je plakala kad je bila visoka dva metra

In diesem Augenblick hörte sie etwas
Upravo tada je čula nešto
Etwas plätscherte im Pool herum
nešto je prskalo u bazenu
Das Plätschern kam aus einiger Entfernung
prskanje je dolazilo malo dalje
**und sie schwamm näher, um zu sehen, was das Plätschern
war**
i otplivala je bliže da vidi što je prskanje
Bald sah sie, dass es nur eine kleine Maus war
ubrzo je vidjela da je to samo mali miš
Auch die kleine Maus war ins Wasser geschlüpft
Mali miš je također skliznuo u vodu

Alice dachte bei sich über die Situation nach
Alice je razmišljala o situaciji
"Würde es etwas nützen, mit dieser Maus zu sprechen?"
"Bi li bilo korisno razgovarati s ovim mišem?"
"Hier unten steht alles auf dem Kopf"
"Ovdje je sve tako naopako"
**"Ich denke, es ist sehr wahrscheinlich, dass diese Maus
sprechen kann."**
"Mislim da vrlo vjerojatno ovaj miš može govoriti"
"Es schadet jedenfalls nicht, es zu versuchen"
"U svakom slučaju, nema štete u pokušaju"
Also begann sie zu versuchen, mit der Maus zu sprechen
Pa je počela pokušavati razgovarati s mišem
"Oh Maus, kennst du den Weg aus diesem Pool?"
"O, Mišu, znaš li izlaz iz ovog bazena?"
"Ich bin es leid, hier herumzuschwimmen, oh Maus!"
"Jako sam umoran od kupanja ovdje, o mišu!"
Die Maus schaute sie ziemlich neugierig an
Miš ju je pogledao prilično znatiželjno
Die Maus schien mit einem ihrer kleinen Augen zu blinzeln
Miš kao da je namignuo jednim od svojih malih očiju
Aber die kleine Maus sagte nichts
ali mali mišić nije rekao ništa
"Vielleicht versteht die Maus kein Englisch!" dachte Alice
"Možda miš ne razumije engleski", pomisli Alice
"Ich wage zu behaupten, es ist eine französische Maus"
"Usuđujem se reći da je to francuski miš"
**"Vielleicht kam diese Maus mit Wilhelm dem Eroberer
herüber"**
"možda je ovaj miš došao s Williamom Osvajačem"
Also fing sie wieder an, auf Französisch
Tako je počela iznova, na francuskom
"Wo ist meine Katze?", fragte sie auf Französisch
"Gdje je moja mačka?" upitala je na francuskom
es war der erste Satz in ihrem französischen Unterrichtsbuch
bila je to prva rečenica u njezinoj udžbenici francuskog jezika
Die Maus machte einen plötzlichen Sprung aus dem Wasser

Miš je iznenada iskočio iz vode
Und die Maus schien am ganzen Leibe vor Schreck zu zittern
a miš kao da je sav zadrhtao od straha
"Oh, ich bitte um Verzeihung!" rief Alice hastig
"Oh, oprostite!" uzvikne Alice žurno
Sie fürchtete, sie habe die Gefühle des armen Tieres verletzt
bojala se da je povrijedila osjećaje jadne životinje
"Ich habe ganz vergessen, dass du keine Katzen magst"
"Zaboravio sam da ne voliš mačke"
"Ich mag keine Katzen!" rief die Maus mit schriller, leidenschaftlicher Stimme
"Ne volim mačke!" uzviknuo je Miš prodornim, strastvenim glasom
"Hättest du gerne Katzen, wenn du ich wärst?"
"Da si na mom mjestu, želiš li mačke?"
Alice tröstete die Maus in einem beruhigenden Ton
Alice je utješila miša umirujućim tonom
"Naja, vielleicht würde ich an deiner Stelle auch keine Katzen mögen"
"Pa, možda ni ja ne bih volio mačke da sam na tvom mjestu"
"Bitte ärgern Sie sich nicht über die Erwähnung von Katzen"
"Molim vas, nemojte se ljutiti zbog spominjanja mačaka"
"Und doch wünschte ich, ich könnte dir unsere Katze Dina zeigen"
"Pa ipak, volio bih da ti mogu pokazati našu mačku Dinah"
"Wenn du sie treffen würdest, würdest du wohl Gefallen an Katzen finden"
"da je upoznaš, mislim da bi ti se svidjele mačke"
"Wenn du sie nur sehen könntest"
"Kad bi je samo mogao vidjeti"
"Sie ist so ein liebes, stilles Ding"
"Ona je tako draga, tiha stvar"
Die Maus zitterte am ganzen Körper
Miš se tresao po cijelom tijelu
Alice war sich sicher, dass die Maus wirklich beleidigt sein musste

Alice je bila sigurna da je miš stvarno uvrijeđen
"Wir reden nicht mehr über sie, wenn du lieber nicht willst"
"Nećemo više razgovarati o njoj, ako radije nećeš"
"Wir, allerdings!" rief die Maus
"Mi, zaista!" uzviknuo je Miš
Die Maus zitterte bis zum Ende ihres Schwanzes
Miš je drhtao do kraja repa
»Als ob ich über so ein Thema reden würde!«
"Kao da bih govorio o takvoj temi!"
"Unsere Familie hat Katzen schon immer gehasst"
"Naša obitelj je uvijek mrzila mačke"
"Katzen; Gemeine, niedrige, gemeine Dinger!"
"mačke; gadne, niske, vulgarne stvari!"
"Laß mich den Namen nicht noch einmal hören!"
"Ne daj da više čujem ime!"
"Katzen will ich ja nicht mehr erwähnen!" sagte Alice
"Neću više spominjati mačke!" reče Alice
Sie hatte es sehr eilig, das Thema zu wechseln
jako joj se žurilo da promijeni temu
"Bist du... Lieben Sie Hunde?«
"Jeste li... Volite li pse?"
"Es gibt so einen netten kleinen Hund in der Nähe unseres Hauses."
"U blizini naše kuće je tako lijep mali pas,"
"Ich möchte dir den kleinen Hund zeigen!"
"Želio bih vam pokazati malog psa!"
"Dieser kleine Hund tötet alle Ratten und...
"Ovaj mali pas ubija sve štakore i...
»O je!« rief Alice in traurigem Tone
"O, Bože!" uzvikne Alice tužnim tonom
»Ich fürchte, ich habe dich schon wieder beleidigt!«
"Bojim se da sam te opet uvrijedio!"
Die Maus schwamm so schnell sie konnte von ihr weg
Miš je plivao od nje najbrže što je mogao
Und die Maus machte einen ziemlichen Aufruhr im Tümpel
a miš je napravio popriličnu komešanje u bazenu
Da rief sie leise der Maus nach

I tako je tiho viknula za mišem
"Meine liebe Maus, komm bitte zurück!"
"Dragi moj mišu, molim te, vrati se!"
"Und wir werden nicht über Katzen sprechen"
"I nećemo govoriti o mačkama"
"Und über Hunde müssen wir auch nicht reden"
"A ne moramo razgovarati ni o psima"
Als die Maus das hörte, drehte sie sich um
Kad je miš to čuo, okrenuo se
Und die kleine Maus schwamm langsam zu ihr zurück
i mali mišić polako otplivao natrag do nje
Das Gesicht der Maus war ganz blaß
Miševo lice bilo je prilično blijedo
Und die Maus sprach mit leiser, zitternder Stimme
i miš je progovorio, tihim, drhtavim glasom
"Lasst uns ans Ufer gehen"
"Dođimo do obale"
"Und dann erzähle ich dir meine Geschichte"
"A onda ću vam ispričati svoju povijest"
**"Und du wirst verstehen, warum ich Katzen und Hunde
hasse"**
"i shvatit ćeš zašto mrzim mačke i pse"
Es war höchste Zeit zu gehen
Bilo je krajnje vrijeme da krenemo
weil der Pool ziemlich voll wurde
jer je bazen postajao prilično prepun
Andere Vögel und Tiere waren in den Pool gefallen
druge ptice i životinje pale su u bazen
es gab eine Ente und einen Dodo
bili su Patak i Dodo
und da waren ein Lory-Vogel und ein Adler
a tu su bili i ptica Lory i orao
**und es gab noch einige andere interessant aussehende
Kreaturen**
a bilo je i nekoliko drugih stvorenja zanimljivog izgleda
Alice führte den Weg aus dem Pool
Alice je vodila izlaz iz bazena

und die ganze Gesellschaft der Tiere schwamm ans Ufer
i cijela skupina životinja otplivala je do obale

Ein Caucus-Rennen und ein langer Schwanz
Utrka zastupnika i dugačak rep
Es waren in der Tat ein lustig aussehender Haufen Tiere
Doista su bile smiješna skupina životinja
und sie versammelten sich alle am Ufer des Wassers
i svi su se okupili na obali vode
die Vögel hatten alle zerzauste Federn
sve su ptice imale iscrpljeno perje
und die pelzigen Tiere waren durchnässt
a krznene životinje bile su natopljene
und alle waren triefend nass, genervt und unwohl
i svi su bili mokri, iznervirani i neugodni

Es gab eine Frage, die zuerst beantwortet werden musste
Prvo je trebalo odgovoriti na jedno pitanje
Was ist der beste Weg für alle, um trocken zu werden?
Koji je najbolji način da se svi osuše?
Sie hatten eine Konsultation zu diesem Thema
Imali su konzultacije o ovom pitanju

Bald waren sie alle auf vertrautem Einvernehmen
Uskoro su svi bili u poznatim odnosima
Es war, als ob sie sie ihr ganzes Leben lang gekannt hätte
kao da ih je poznavala cijeli život
Die Maus schien eine Person mit einer gewissen Autorität zu sein
Činilo se da je miš osoba nekog autoriteta
"Setzt euch, ihr alle, und hört mir zu!
"Sjednite, svi, i slušajte me!
"Ich werde euch bald wieder alle trocken machen!"
"Uskoro ću vas sve ponovno osušiti!"
Sie setzten sich alle auf einmal in einem großen Ring nieder
Svi su sjeli odjednom, u veliki prsten
Und die kleine Maus saß in der Mitte
a mali miš je sjedio u sredini
"Ähm!" sagte die Maus mit einer wichtigen Miene
"Hm!" rekao je miš s važnim izrazom
"Seid ihr bereit?"
"Jeste li svi spremni?"
"Das ist das Trockenste, was ich kenne"
"Ovo je najsuša stvar koju znam"
»Schweigen Sie ringsum, wenn Sie wollen!«
"Tišina uokolo, ako želite!"
"Wilhelm der Eroberer wurde vom Papst begünstigt"
"Vilim Osvajač bio je naklonjen papi"
"aber er wurde bald von den Engländern unterworfen"
"ali ubrzo su mu se Englezi pokorili"
"Sie wollten in letzter Zeit Führer"
"Željeli su vođe u posljednje vrijeme"
"Und sie waren an Macht und Eroberung gewöhnt"
"i bili su navikli na moć i osvajanje"
"Edwin und Morcar, die Grafen von Mercia und Northumbria"
"Edwin i Morcar, grofovi od Mercije i Northumbrije"
»Pfui!« sagte der Lori-Vogel mit einem Schauer
"Uh!" reče ptica lori, drhtajući
"und sogar Stigand, der patriotische Erzbischof von

Canterbury"
"pa čak i Stigand, domoljubni nadbiskup Canterburyja"
"Er fand es auch ratsam"
"I on je smatrao da je to preporučljivo"
"Was hielt er für ratsam?" fragte die Ente
"Što mu je bilo preporučljivo?" upita patka
"Er fand es ratsam", antwortete die Maus ziemlich verärgert
"Smatrao je da je to preporučljivo", odgovorio je miš prilično uznemireno
aber die Ente war nicht zufrieden
ali patka nije bila zadovoljna
"Natürlich weißt du, was 'es' bedeutet"
"Naravno, znate što znači 'to'"
"Ich weiß, was es ist, wenn ich etwas finde," sagte die Ente
"Znam što je 'to' kad nešto pronađem", reče patka
"Es ist in der Regel ein Frosch oder ein Wurm"
"To je općenito žaba ili crv"
"Die Frage ist, was hat der Erzbischof gefunden?"
"Pitanje je, što je nadbiskup pronašao?"
Die Maus bemerkte diese Frage nicht
Miš nije primijetio ovo pitanje
Stattdessen fuhr die Maus hastig mit der Rede fort
umjesto toga, miš je žurno nastavio s govorom
"Er fand es ratsam, mit Edgar Atheling zu gehen"
"smatrao je da je preporučljivo ići s Edgarom Athelingom"
"um William zu treffen und ihm die Krone anzubieten"
"da se sretne s Williamom i ponudi mu krunu"
fuhr die Maus fort und wandte sich dabei an Alice
miš je nastavio, okrećući se prema Alice dok je govorio
»Wie geht es dir jetzt, meine Liebe?«
"Kako ti je sada, draga moja?"
»So naß wie immer,« sagte Alice in melancholischem Tone
"Mokra kao i uvijek", reče Alice melankoličnim tonom
"Diese Geschichte scheint mich überhaupt nicht auszutrocknen"
"Čini se da me ova priča uopće ne isušuje"
»In diesem Falle,« sagte der Dodo feierlich und erhob sich

"U tom slučaju", svečano je rekao dodo, dižući se na noge
"Ich stimme dafür, dass die Sitzung vertagt wird"
"Glasam da se sastanak odgodi"
**"und ich schlage vor, sofort energischere Heilmittel zu
ergreifen"**
"i predlažem hitno usvajanje energičnijih lijekova"
"Sprich wahre Worte!" sagte der Adler
"Govorite prave riječi!" rekao je orao
**"Ich weiß nicht, was die Hälfte dieser langen Worte
bedeutet"**
"Ne znam značenje polovice tih dugih riječi"
»und außerdem glaube ich nicht, daß Sie es wissen!«
"i, štoviše, ne vjerujem da ni vi znate!"
»Was ich sagen wollte«, sagte der Dodo in beleidigtem Ton
"Što sam htio reći", rekao je dodo uvrijeđenim tonom
**"Das Beste, was uns trocken kriegt, wäre ein Caucus-
Rennen"**
"Najbolja stvar koja će nas osušiti bila bi utrka za klubove"
»Was ist ein Caucus-Rennen?« fragte Alice
"Što je zastupnička utrka?" upita Alice

"Nun", sagte der Dodo, "der beste Weg, es zu erklären, ist, es zu tun."

"Pa", reče dodo, "najbolji način da se to objasni je da se to učini"

"Zuerst steckte der Dodo eine Rennbahn ab"

"Prvo je dodo označio trkalište"

"Die Strecke verlief in einer Art Kreis"

"Pjesma je bila u nekoj vrsti kruga"

"Und dann wurde die ganze Gesellschaft entlang der Strecke platziert"

"A onda je cijela družina bila smještena duž staze"

Es gab kein "Eins, zwei, drei und weg!"

Nije bilo "Jedan, dva, tri i dalje!"

aber sie fingen an zu rennen, wann sie wollten

Ali počeli su trčati kad su htjeli

Und sie beendeten auch, wenn sie wollten

a također su završili kad su htjeli

Es war also nicht einfach zu wissen, wann das Rennen vorbei war

Stoga nije bilo lako znati kada je utrka gotova

Nach etwa einer halben Stunde Laufen waren sie alle ziemlich trocken

Nakon otprilike pola sata trčanja svi su bili prilično suhi

der Dodo rief plötzlich: "Das Rennen ist vorbei!"

dodo je iznenada uzviknuo: "Utrka je gotova!"

Und sie drängten sich alle um den Dodo

i svi su se nagurali oko dodoa

Alle Tiere hechelten und schnauften

sve su životinje dahtale i puhale

und sie alle wollten wissen: "Aber wer hat gewonnen?"

i svi su htjeli znati: "Ali tko je pobijedio?"

Diese Frage konnte der Dodo nicht sofort beantworten

Na ovo pitanje dodo nije mogao odmah odgovoriti

Zuerst musste er sehr viel nachdenken

Prvo je morao puno razmišljati

Nach langem Nachdenken sprach der Dodo schließlich

Nakon dugog razmišljanja, Dodo je konačno progovorio

"Jeder hat gewonnen, und jeder muss Preise haben"

"Svi su pobijedili i svi moraju imati nagrade"

»Aber wer soll die Preise geben?« fragte ein Chor von Stimmen

"Ali tko će dati nagrade?" upitao je zbor glasova

"Nun, sie natürlich", sagte der Dodo

"Pa, ona, naravno", reče dodo

und der Dodo deutete mit einem Finger auf Alice

a dodo je jednim prstom pokazao na Alice

und die ganze Gesellschaft von Tieren drängte sich um sie

i cijela skupina životinja nagomilala se oko nje

sie riefen verwirrt: »Preise! Preise!"

zbunjeno su vikali: "Nagrade! Nagrade!"

Alice hatte keine Ahnung, was sie tun sollte

Alice nije imala pojma što učiniti

Verzweifelt steckte sie die Hand in die Tasche

U očaju je stavila ruku u džep

Und sie zog eine Schachtel mit Süßigkeiten hervor

i izvukla je kutiju slatkiša

Glücklicherweise war das Salzwasser nicht in den Kasten gelangt

Srećom, slana voda nije ušla u kutiju

Und sie reichte die Süßigkeiten als Preise herum

i dijelila je slatkiše kao nagrade

Es gab genau ein Stück für jeden

Postojao je točno jedan komad za svakoga

Das nächste, was sie tun mussten, war, die Süßigkeiten zu essen

Sljedeće što su morali učiniti bilo je pojesti slatkiše

Dies verursachte einige Geräusche und Verwirrung

To je izazvalo buku i zbunjenost

Die großen Vögel klagten, dass sie ihre Süßigkeiten nicht schmecken konnten

velike ptice su se žalile da ne mogu okusiti svoje slatkiše

Die Kleinen verschluckten sich und mussten auf den Rücken geklopft werden

Mali su se ugušili i morali su ih tapšati po leđima
Doch dann war es endlich vorbei
Međutim, napokon je bilo gotovo
Und sie setzten sich wieder in einem Ring nieder
i ponovno sjedoše u prsten
Und sie flehten die Maus an, ihnen noch etwas zu erzählen
i molili su miša da im kaže još nešto
**»Du hast versprochen, mir deine Geschichte zu erzählen,
weißt du,« sagte Alice**
"Obećala si da ćeš mi ispričati svoju povijest, znaš", rekla je
Alice
**und sie machte noch eine kleine Bemerkung über Katzen im
Flüsterton**
i šaptom je napravila još jednu malu primjedbu o mačkama
Sie wollte die Maus nicht noch einmal beleidigen
Nije htjela ponovno uvrijediti miša
die kleine Maus drehte sich zu Alice um und seufzte
mali mišić se okrenuo prema Alice i uzdahnuo
"Meine Geschichte ist lang und traurig!"
"Moja je duga i tužna priča!"
»Es ist gewiß ein langer Schwanz,« sagte Alice
"To je dugačak rep, svakako", reče Alice
**Und sie blickte verwundert auf den Schwanz der Maus
hinunter**
i s čuđenjem pogleda dolje na mišji rep
"Aber warum nennst du es einen traurigen Schwanz?"
"Ali zašto to zoveš tužnim repom?"
Und sie rätselte unaufhörlich, während die Maus sprach
I nastavila je zbunjivati o tome dok je miš govorio
**so daß ihre Vorstellung von der Geschichte ungefähr so
aussah**
tako da je njezina ideja priče bila otprilike ovakva

"Fury said to
a mouse, That
he met in the
house, 'Let
us both go
to law: *I*
will prosecute
you.—
Come, I'll
take no denial:
We must have
the trial;
For really
this morning
I've
nothing
to do.'
Said the
mouse to
the cur,
'Such a
trial, dear
sir, With
no jury
or judge,
would
be wasting
our
breath.'
'I'll be
judge,
I'll be
jury,'
said
cunning
old
Fury;
'I'll
try
the
whole
cause,
and
condemn
you to
death.'"

Fury sagte zu einer Maus, die er im Haus getroffen hat."
Bijes reče mišu: "Da se sreo u kući"
Lasst uns beide vor Gericht gehen: Ich werde euch anklagen
Idemo oboje na sud: Tužit ću vas
Kommen Sie, ich leugne es nicht: Wir müssen den Prozeß haben
Dođite, neću poricati: Moramo imati suđenje
Denn heute morgen habe ich wirklich nichts zu tun
Jer stvarno jutros nemam što raditi

Sagte die Maus zum Pfarrer;
Rekao je miš psu;
**Ein solcher Prozeß, lieber Herr, ohne Geschworene und
Richter, würde uns den Atem rauben**
Takvo suđenje, dragi gospodine, bez porote ili suca, bilo bi
trošenje daha
**»Ich werde Richter sein, ich werde Geschworener sein«,
sagte der schlaue alte Fury**
"Ja ću biti sudac, bit ću porotnik", rekao je lukavi stari Fury
**Ich werde die ganze Sache prüfen und dich zum Tode
verurteilen**
Pokušat ću cijelu stvar i osuditi te na smrt
die Maus sprach streng zu Alice
miš je ozbiljno progovorio Alice
"Du passt nicht auf!"
"Ne obraćaš pažnju!"
"Woran denkst du?"
"O čemu razmišljaš?"
»Ich bitte um Verzeihung,« sagte Alice sehr demütig
"Oprostite", reče Alice vrlo ponizno
»Sie waren in der fünften Kurve angelangt, glaube ich?«
"Mislim da ste stigli do petog zavoja?"
"Du beleidigst mich, indem du so einen Unsinn redest!"
"Vrijeđaš me govoreći takve gluposti!"
Und die Maus stand auf und ging weg
a miš je ustao i otišao
Alice rief der kleinen Maus hinterher
Alice je viknula za malim mišem
"Bitte komm zurück und beende deine Geschichte!"
"Molim vas, vratite se i dovršite svoju priču!"
Und die andern stimmten alle in den Chor ein
I svi ostali su se pridružili u zboru
"Ja, bitte beenden Sie Ihre Geschichte!"
"Da, molim te, završi svoju priču!"
Aber die Maus schüttelte nur ungeduldig den Kopf
Ali miš je samo nestrpljivo odmahnuo glavom
Und die kleine Maus ging ein wenig schneller

i mali mišić je hodao malo brže
**"Ich wünschte, ich hätte Dinah, unsere Katze, hier!" sagte
Alice**
"Volio bih da imam Dinah, našu mačku, ovdje!" reče Alice
Dies erregte in der Partei ein bemerkenswertes Aufsehen
To je izazvalo nevjerojatnu senzaciju među strankom
Einige der Vögel eilten sofort davon
Neke su ptice odmah požurile
**und ein Kanarienvogel rief mit zitternder Stimme seinen
Kindern zu;**
i kanarinac je drhtavim glasom pozvao svoju djecu;
»Kommt fort, meine Lieben!«
"Odlazite, dragi moji!"
"Es ist höchste Zeit, dass ihr alle im Bett seid!"
"Krajnje je vrijeme da svi budete u krevetu!"
Mit verschiedenen Ausreden gingen sie alle weg
uz razne izgovore svi su otišli
und Alice war bald allein
i Alice je ubrzo ostala sama
"Ich wünschte, ich hätte Dina nicht erwähnt!"
"Volio bih da nisam spomenuo Dinah!"
"Niemand scheint sie hier unten zu mögen"
"Čini se da je ovdje dolje nitko ne voli"
**"Aber ich bin mir sicher, dass sie die beste Katze von der
Welt ist!"**
"ali siguran sam da je ona najbolja mačka na svijetu!"
Die arme Alice fing wieder an zu weinen
Jadna Alice ponovno je počela plakati
weil sie sich sehr einsam und niedergeschlagen fühlte
jer se osjećala vrlo usamljeno i potišteno
Nach einer Weile aber hörte sie wieder etwas
Međutim, ubrzo je opet nešto čula
ein leises Getrappel von Schritten in der Ferne
malo tapkanje koraka u daljini
und sie blickte eifrig auf
i željno je podigla pogled

Der Hase schickt den kleinen Mr. Bill herein
Zec šalje malog gospodina Billa

Es war das weiße Kaninchen, das langsam wieder zurücktrabte
Bio je to bijeli zec, koji se polako vraćao natrag
Er sah sich ängstlich um, während er ging
zabrinuto je gledao uokolo dok je išao
Er sah aus, als hätte er etwas verloren
izgledao je kao da je nešto izgubio
Alice hörte, wie er vor sich hin murmelte
Alice ga je čula kako mrmlja u sebi
»Die Herzogin! Die Herzogin! Oh, meine lieben Pfoten!"
"Vojvotkinja! Vojvotkinja! O, drage moje šape!"
"Oh, mein Fell und meine Schnurrhaare!"
"O, moje krzno i brkovi!"
"Sie wird mich hinrichten lassen, da bin ich mir sicher"
"Ona će me pogubiti, u to sam siguran"
"Genauso sicher, wie Frettchen Frettchen sind!"
"Baš kao što su tvorovi tvorovi!"
"Wo kann ich meine Sachen abgestellt haben, frage ich mich?"
"Pitam se gdje sam mogao baciti svoje stvari?"
Alice erriet in einem Augenblick, was er suchte
Alice je u trenu pogodila što traži

Er war auf der Suche nach dem Federfächer

Tražio je lepezu od perja

Und er suchte nach dem Paar weißer Handschuhe

i tražio je par bijelih rukavica

So machte sie sich sehr gutmütig auf die Suche nach den Handschuhen

pa je vrlo dobroćudno počela tražiti rukavice

Und sie suchte auch nach dem Federfächer

A tražila je i lepezu od perja

Aber die Handschuhe und der Federfächer waren nirgends zu sehen

Ali rukavica i lepeza od perja nisu se nigdje mogli vidjeti

Alles schien sich verändert zu haben, seit sie im Pool geschwommen war

Činilo se da se sve promijenilo otkako je plivala u bazenu

Nichts war mehr so, wie es war, seit sie in der Großen Halle gewesen war

Ništa nije bilo isto otkad je bila u Velikoj dvorani

und der Glastisch war verschwunden

i stakleni stol je nestao

Und die kleine Tür war auch nicht da

a ni malih vrata nisu bila tamo

Sehr bald bemerkte das Kaninchen Alice

Vrlo brzo zec je primijetio Alice

rief er ihr in zornigem Ton zu

pozvao ju je ljutitim tonom

"Mary Ann, was machst du hier draußen?"

"Mary Ann, što radiš ovdje?"

"Lauf in diesem Moment nach Hause"

"Trči kući ovog trenutka"

"Und hol mir ein Paar Handschuhe und einen Federfächer!"

"I donesi mi par rukavica i lepezu od perja!"

"Und beeil dich!"

"I požuri s tim!"

Alice sprach mit sich selbst, als sie davonrannte

Alice je govorila sama sa sobom dok je bježala

"Er muss mich für sein Hausmädchen gehalten haben!"

"Mora da me je zamijenio za svoju sluškinju!"
"Wie überrascht wird er sein, wenn er herausfindet, wer ich bin!"
"Kako će se iznenaditi kad sazna tko sam ja!"
Während sie dies sagte, stieß sie auf ein hübsches Häuschen
Dok je to govorila, naišla je na urednu kućicu
An der Tür des Hauses hing eine helle Messingplatte
Na vratima kuće bila je svijetla mjedena ploča
"W. HASE"
"W. ZEK"
Sie trat ein, ohne an die Tür zu klopfen
Ušla je bez kucanja na vrata
und sie eilte geradewegs die Treppe hinauf
i požurila je ravno gore
sie machte sich Sorgen, dass sie die echte Mary Ann treffen könnte
brinula se da bi mogla upoznati pravu Mary Ann
denn dann würde sie aus dem Haus gejagt werden
jer bi tada bila izbačena iz kuće
Und sie würde den Federfächer und die Handschuhe nicht finden können
i ne bi mogla pronaći lepezu od perja i rukavice
Alice hatte den Weg in ein aufgeräumtes Kämmerlein gefunden
Alice je pronašla put do uredne male sobe
Im Zimmer stand ein Tisch am Fenster
U sobi je bio stol uz prozor
und auf dem Tisch stand ein Federfächer
a na stolu je bila lepeza od perja
Und da waren zwei oder drei Paar winzige weiße Handschuhe
a tu su bila i dva ili tri para sićušnih bijelih rukavica
Sie hob den Federfächer und ein Paar Handschuhe auf
Uzela je lepezu od perja i par rukavica
und sie war eben im Begriff, das Zimmer zu verlassen
i upravo se spremala napustiti sobu
Aber dann fiel ihr Blick auf ein Fläschchen

ali onda joj je pogled pao na malu bočicu
Sie entkorkte die Flasche und führte sie an ihre Lippen
Odčepila je bocu i stavila je na usne
"Ich hoffe, dass ich dadurch wieder groß werde"
"Nadam se da ću opet narasti"
"Ich bin es leid, so ein winziges Ding zu sein!"
"Umoran sam od toga da budem tako malena stvar!"
Alice hatte kaum die halbe Flasche getrunken
Alice je jedva popila pola boce
Ihr Kopf drückte bereits gegen die Decke
glava joj je već pritiskala strop
und sie musste sich bücken
i morala se sagnuti
um ihr das Genick vor dem Genickbruch zu bewahren
kako bi spasila vrat od slomljenog
Hastig stellte sie die Flasche ab
Žurno je spustila bocu
"Das reicht"
"To je sasvim dovoljno"
"Ich hoffe, ich wachse nicht mehr"
"Nadam se da više neću rasti"
Leider! Es war zu spät, das zu wünschen!
Avaj! Bilo je prekasno da to poželim!
Sie wuchs und wuchs weiter
Nastavila je rasti i rasti
und sehr bald musste sie sich auf den Boden knien
i vrlo brzo je morala kleknuti na pod
und selbst dann wuchs sie weiter
a čak i tada je nastavila rasti
Als letztes Mittel streckte sie einen Arm aus dem Fenster
Kao posljednji resurs izvukla je jednu ruku kroz prozor
und sie setzte einen Fuß auf den Schornstein
i stavi jednu nogu u dimnjak
"Jetzt kann ich nicht mehr, was auch immer passiert"
"Sada ne mogu učiniti više, što god da se dogodi"
»Was wird aus mir?«
"Što će biti sa mnom?"

Alice hatte Glück
Alice je imala sreće
**Das kleine Zauberfläschchen hatte seine volle Wirkung
entfaltet**
Mala čarobna bočica imala je svoj puni učinak
und Alice wurde nicht größer, als sie war
a Alice nije narasla više nego što je bila
Nach ein paar Minuten hörte sie draußen eine Stimme
Nakon nekoliko minuta začula je glas vani
Und sie blieb stehen, um der Stimme zu lauschen
i zastala je da sluša glas
»Mary Ann! Mary Ann!« sagte die Stimme
"Mary Ann! Mary Ann!" reče glas
"Hol mir gleich meine Handschuhe!"
"Donesi mi rukavice ovog trenutka!"
Dann ertönte ein leises Getrappel von Füßen auf der Treppe
Zatim je uslijedilo malo tapkanje nogu po stepenicama
Alice wusste, dass es das Kaninchen war, das kam, um sie zu

suchen
Alice je znala da je to zec koji je dolazi potražiti
und sie zitterte, bis sie das Haus erschütterte
i drhtala je dok nije protresla kuću
Sie vergaß ganz, welche Proportionen sie hatte
potpuno je zaboravila koje su joj proporcije
Sie war tausendmal so groß wie das Kaninchen
bila je tisuću puta veća od zeca
und sie hatte keinen Grund, sich vor einem Kaninchen zu
fürchten
i nije imala razloga bojati se zeca
Bald kam das Kaninchen an die Tür heran
Ubrzo je zec prišao vratima
Und das kleine Kaninchen versuchte, die Tür zu öffnen
i mali zec je pokušao otvoriti vrata
Die Tür begann sich nach innen zu öffnen
vrata su se počela otvarati prema unutra
aber Alices Ellbogen wurde hart gegen die Tür gedrückt
ali Alicein lakat bio je snažno pritisnut na vrata
Dieser Versuch erwies sich als Fehlschlag
taj se pokušaj pokazao neuspješnim
Alice hörte, wie das Kaninchen mit sich selbst sprach
Alisa je čula kako zec govori sam sa sobom
"Dann gehe ich herum und steige durch das Fenster ein"
"Onda ću otići okolo i ući kroz prozor"
"Das wirst du nicht!" dachte Alice
"Da nećeš!" pomisli Alisa
und sie wartete wieder ein wenig
i opet je malo čekala
Bald hörte sie das Kaninchen gerade unter dem Fenster
Ubrzo je čula zeca odmah ispod prozora
Plötzlich streckte sie ihre Hand aus
Odjednom je raširila ruku
Und sie machte einen Sprung in die Luft
I ona je napravila trzaj u zraku
Sie bekam nichts in die Finger
Nije se ničega dočepala

aber sie hörte einen kleinen Schrei und einen Sturz
ali čula je mali vrisak i pad
und sie hörte ein Krachen von zerbrochenem Glas
i čula je udarac razbijenog stakla
Vielleicht war das Kaninchen gefallen
Možda je zec pao
Vielleicht war er in einem Gewächshaus
Možda je bio u stakleniku
Dann ertönte eine zornige Stimme; Die Stimme des Kaninchens
Zatim se začuo ljutiti glas; Zečji glas
"Pat, wo bist du?"
"Pat, gdje si?"
Und dann ertönte eine Stimme, die sie noch nie zuvor gehört hatte
A onda se začuo glas koji nikada prije nije čula
"Euer Ehren, ich bin hier!"
"Časni sude, ovdje sam!"
"Ich grabe nach Äpfeln"
"Kopam jabuke"
»Hier! Komm und hilf mir da raus!"
"Evo! Dođi i pomozi mi da se izvučem iz ovoga!"
»Nun sag mir, Pat, was ist das da im Fenster?«
"Sad mi reci, Pat, što je to na prozoru?"
"Sicher, Euer Ehren, ich werde es Ihnen sagen"
"Naravno, časni sude, reći ću vam"
"Das ist ein Arm, der im Fenster steckt!"
"To je ruka koja je u prozoru!"
"Na ja, da hat ein Arm nichts zu suchen"
"Pa, ruka tamo nema posla"
"Geh und nimm den Arm weg!"
"Idi i makni ruku!"
Hierauf trat ein langes Schweigen ein
Nakon toga je uslijedila duga tišina
und Alice konnte nur ab und zu ein Flüstern hören
a Alice je tu i tamo mogla čuti samo šapat
und endlich streckte sie die Hand wieder aus

i napokon je ponovno raširila ruku
Und sie machte einen weiteren Sprung in die Luft
i napravila je još jedan udarac u zrak
Diesmal gab es zwei kleine Schreie
Ovaj put začula su se dva mala vriska
und es gab noch mehr Geräusche von zerbrochenem Glas
i bilo je još zvukova razbijenog stakla
"Ich möchte wohl wissen, was sie nun tun werden!" dachte Alice
"Pitam se što će sljedeće učiniti!" pomisli Alice
"Ich wünschte, sie würden mich aus dem Fenster ziehen"
"Volio bih da me izvuku kroz prozor"
Sie wartete eine Weile
Čekala je neko vrijeme
aber eine Weile hörte sie nichts mehr
ali neko vrijeme više nije čula ništa
Endlich ertönte das Rumpeln kleiner Rädchen
Napokon se začula tutnjava malih kotačića
Und da ertönten viele Stimmen
i začuo se zvuk mnogih glasova
Alle Stimmen sprachen miteinander
Svi su glasovi razgovarali zajedno
Sie konnte einige der Worte verstehen
Mogla je razabrati neke riječi
"Wo ist die andere Leiter?"
"Gdje su druge ljestve?"
"Bill hat die andere Leiter"
"Bill ima druge ljestve"
"Bill, komm her!"
"Bille, dođi ovamo!"
"Wird das Dach die Last tragen?"
"Hoće li krov podnijeti teret?"
"Wer will schon den Schornstein hinuntergehen?"
"Tko želi sići niz dimnjak?"
»Nein, das werde ich nicht! Du machst es!"
"Ne, neću! Učini to!"
»Hier, Bill!«

"Evo, Bille!"
"Der Meister sagt, du musst in den Schornstein hinunter!"
"Gospodar kaže da se moraš spustiti niz dimnjak!"
Alice zog ihren Fuß so weit den Schornstein hinab, wie sie konnte
Alice je povukla nogu niz dimnjak što je više mogla
Und dann wartete sie, was kommen würde
a onda je čekala da vidi što dolazi
Sie hörte ein kleines Tier kratzen und krabbeln
čula je malu životinju kako grebe i penje se
Das Tierchen muss sich im Schornstein befinden
mala životinja mora biti u dimnjaku
dann gab sie einen scharfen Tritt
Zatim je udarila jedan oštar udarac
Und sie wartete ab, was als nächstes geschehen würde
i čekala je da vidi što će se sljedeće dogoditi
Sie hörte einen allgemeinen Chor von Stimmen
čula je opći zbor glasova
"Da geht Bill!", sagten alle
"Ode Bill!" svi su rekli
Dann hörte sie allein die Stimme des Kaninchens
Tada je čula zečji glas nasamo
"Du an der Hecke, fang ihn!"
"Ti uz živicu, uhvati ga!"
Es trat wieder ein Augenblick des Schweigens ein
Uslijedio je još jedan trenutak tišine
Und dann gab es wieder ein Stimmengewirr
a onda je nastala još jedna zbrka glasova
"Halt seinen Kopf hoch, Brandy"
"Podigni mu glavu, Brandy"
"Pass auf, dass du ihn nicht würgst"
"Pazite da ga ne ugušite"
"Was ist mit dir passiert?"
"Što ti se dogodilo?"
Zuletzt kam eine kleine, schwache, quietschende Stimme
Posljednji je došao slabašan, škripavi glas
"Nun, ich weiß es kaum mehr"

"Pa, jedva da više ne znam"
"Danke euch allen, mir geht es jetzt besser"
"hvala svima, sada mi je bolje"
"Es gibt eine Sache, an die ich mich erinnern kann"
"Postoji jedna stvar koje se mogu sjetiti"
"Irgendetwas kommt auf mich zu wie ein Zug im Tunnel"
"Nešto mi dolazi kao vlak u tunelu"
"Und ich fliege hoch wie eine Rakete!"
"i letim gore kao raketa!"
Es gab ein oder zwei Minuten des Schweigens
Uslijedila je minuta ili dvije šutnje
Und dann fingen sie wieder an, sich zu bewegen
a onda su se opet počeli kretati
und Alice hörte das Kaninchen wieder sprechen
i Alisa je ponovno čula Zeca kako govori
"Ein Karren voll reicht für den Anfang"
"Za početak će biti dovoljna kolica"
"Einen Karren voll wovon?" dachte Alice
"Gomila puna čega?" pomisli Alice
Aber sie wurde nicht lange in Atem gehalten
Ali nije dugo držana u neizvjesnosti
Ein Regen von kleinen Kieselsteinen drang durch das Fenster
kiša sitnih kamenčića ušla je kroz prozor
und einige der kleinen Kieselsteine trafen sie im Gesicht
a neki od malih kamenčića pogodili su je u lice
Alice wunderte sich über die kleinen Kieselsteine
Alice je bila iznenađena malim kamenčićima
all die kleinen Kieselsteine verwandelten sich in Kuchen
svi mali kamenčići pretvarali su se u kolače
und eine glänzende Idee kam ihr in den Kopf
i pala joj je na pamet sjajna ideja
"Einen von diesen Kuchen sollte ich essen"
"Trebao bih pojesti jedan od ovih kolača"
"Der Kuchen wird sicher etwas an meiner Größe ändern"
"Torta će sigurno napraviti neku promjenu u mojoj veličini"
Also schluckte sie einen der Kuchen

I tako je progutala jedan od kolača
und sie freute sich, als sie feststellte, dass sie anfing zu schrumpfen
i bila je oduševljena kad je otkrila da se počela smanjivati
Bald war sie klein genug, um durch die Tür zu kommen
Uskoro je bila dovoljno mala da prođe kroz vrata
Sie rannte aus dem Haus
istrčala je iz kuće
Draußen wartete eine Menge kleiner Tiere und Vögel
gomila malih životinja i ptica čekala je vani
alle kleinen Vögel und Tiere stürzten sich auf Alice
sve male ptice i životinje pohrlili su na Alice
aber sie rannte davon, so schnell sie konnte
ali pobjegla je što je brže mogla
und bald fand sie sich sicher in einem dichten Walde
i ubrzo se našla na sigurnom u gustoj šumi
Alice irrte im Walde umher
Alice je lutala šumom
Und sie dachte bei sich:
I pomislila je:
"Ich weiß, was ich zuerst zu tun habe"
"Znam što prvo moram učiniti"
"erst muss ich wieder auf meine richtige Größe wachsen"
"Prvo moram ponovno narasti do svoje prave veličine"
"Und dann muss ich den Weg in diesen schönen Garten finden"
"a onda moram pronaći put do tog lijepog vrta"
"Ich glaube, ich sollte irgendetwas essen oder trinken"
"Pretpostavljam da bih trebao pojesti ili popiti nešto ili drugo"
"Aber die Frage ist, was soll ich essen oder trinken?"
"ali pitanje je što bih trebao jesti ili piti?"
Alice blickte sich um und betrachtete die Blumen
Alice je pogledala oko sebe u cvijeće
Und sie schaute durch die Grashalme hindurch
i gledala je kroz vlati trave
aber sie konnte nichts zu essen und zu trinken sehen
ali nije mogla vidjeti ništa za jelo ili piće

Nichts sah nach dem Richtigen zum Essen oder Trinken aus
ništa nije izgledalo kao prava stvar za jelo ili piće
In ihrer Nähe wuchs ein großer Pilz
U blizini je rasla velika gljiva
der Pilz war ungefähr so groß wie Alice
gljiva je bila otprilike iste visine kao Alice
Sie streckte sich auf den Zehenspitzen auf
Ispružila se na prstima
Und sie guckte über den Rand des Pilzes
i provirila je preko ruba gljive
**Ihre Augen trafen sofort die Augen einer großen blauen
Raupe**
oči su joj se odmah susrele s očima velike plave gusjenice
Die Raupe saß auf der Spitze des Pilzes
gusjenica je sjedila na vrhu gljive
und die Raupe hatte alle Arme gekreuzt
i gusjenica mu je prekrižila sve ruke
Und er rauchte leise eine lange Wasserpfeife
i tiho je pušio dugu nargilu
und er nahm nicht die geringste Notiz von irgendetwas
i nije obraćao nimalo pažnje ni na što
und er achtete gewiß nicht auf Alice
i sigurno nije obraćao pažnju na Alice

Ratschläge von einer Raupe
Savjet gusjenice

Endlich nahm die Raupe die Shisha aus dem Maul
Napokon je gusjenica izvadila nargilu iz usta
und er redete Alice mit einer trägen, schläfrigen Stimme an
i obratio se Alice mlitavim, pospanim glasom
"Wer bist du?" fragte die Raupe
"Tko si ti?" upita gusjenica

Alice antwortete etwas schüchtern: "Ich weiß es kaum, Sir."
Alice je odgovorila, pomalo sramežljivo: "Jedva znam,
gospodine"
"Gerade im Moment ist alles ein bisschen..."
"Samo u ovom trenutku sve je pomalo..."
**"Ich weiß, wer ich war, als ich heute Morgen aufgestanden
bin."**
"Znam tko sam bio kad sam jutros ustao""
**"aber ich glaube, ich muss mich seitdem mehrmals verändert
haben"**
"ali mislim da sam se od tada promijenio nekoliko puta"
"Was meinst du damit?" sagte die Raupe

"Što time mislite?" upita gusjenica
Streng forderte die Raupe sie auf, sich zu erklären
Gusjenica ju je strogo zamolila da objasni
»Ich kann mich nicht erklären, fürchte ich, Sir«, sagte Alice
"Bojim se da se ne mogu objasniti, gospodine", reče Alice
"weil ich nicht ich selbst bin"
"jer nisam svoj"
"Du siehst, es ist sehr verwirrend, so viele verschiedene Größen an einem Tag zu haben"
"Vidite, biti toliko različitih veličina u jednom danu vrlo je zbunjujuće"
Sie raffte sich auf und sagte sehr ernst:
Izvukla se i vrlo ozbiljno rekla:
"Ich denke, du solltest mir zuerst sagen, wer du bist"
"Mislim da bi mi prvo trebao reći tko si"
"Warum?" fragte die Raupe
"Zašto?" upita gusjenica
Alice fiel kein guter Grund ein
Alice se nije mogla sjetiti nikakvog dobrog razloga
und die Raupe schien sich in einem sehr unangenehmen Gemütszustand zu befinden
i činilo se da je gusjenica u vrlo neugodnom stanju uma
also wandte sie sich ab
pa se okrenula
"Komm zurück!" rief ihr die Raupe nach
"Vrati se!" gusjenica je viknula za njom
"Ich habe etwas Wichtiges zu sagen!"
"Imam nešto važno za reći!"
Alice drehte sich um und kam wieder zurück
Alice se okrenula i vratila
"Behalte die Fassung!" sagte die Raupe
"Zadrži živce", reče gusjenica
»Ist das alles?« fragte Alice
"Je li to sve?" upita Alice
und sie schluckte ihren Zorn hinunter, so gut sie konnte
i progutala je svoj bijes najbolje što je mogla
"Nein!" sagte die Raupe

"Ne", rekla je gusjenica
Die Raupe breitete ihre Arme aus
gusjenica je raširila ruke
Und er nahm die Shisha wieder aus dem Mund
i opet je izvadio nargilu iz usta
Und er sagte: "Du glaubst also, du bist verändert, oder?"
a on je rekao: "Dakle, mislite da ste se promijenili, zar ne?"
»Ich fürchte, ich bin verändert, Sir,« sagte Alice
"Bojim se, promijenila sam se, gospodine", reče Alice
"Ich kann mich nicht mehr so an Dinge erinnern, wie ich sie früher in Erinnerung hatte"
"Ne mogu se sjetiti stvari onako kako sam ih se sjećao"
"Und ich bleibe nicht länger als zehn Minuten gleich groß!"
"I ne ostajem iste veličine dulje od deset minuta!"
"Wie groß willst du sein?" fragte die Raupe
"Koje veličine želiš biti?" upitala je gusjenica
»Oh, es ist mir nicht besonders wichtig, wie groß ich bin«, erwiderte Alice hastig
"Oh, nije mi posebno važno koje sam veličine", odgovorila je Alice žurno
"Ich mag es einfach nicht, so oft die Größe zu wechseln, weißt du"
"Jednostavno ne volim tako često mijenjati veličinu, znaš"
"Ich würde gerne etwas größer sein, Sir"
"Volio bih biti malo veći, gospodine"
»wenn es dir nichts ausmacht,« fügte Alice hinzu
"Ako vam ne smeta", doda Alice
"Zehn Zentimeter sind so eine erbärmliche Größe"
"Deset centimetara je tako bijedna visina"
"Das ist wirklich eine sehr gute Höhe!" sagte die Raupe ärgerlich
"To je doista vrlo dobra visina!" reče gusjenica ljutito
und er richtete sich auf, während er sprach
i uspravio se dok je govorio
Er war genau zehn Zentimeter groß
Bio je visok točno deset centimetara
In ein oder zwei Minuten war die Raupe vom Pilz

heruntergekommen
Za minutu ili dvije, gusjenica je sišla s gljive
und er kroch ins Gras
i otpuzao je u travu
Als er sich entfernte, machte er einige kleine Bemerkungen
Dok je odlazio, iznio je neke male primjedbe
"Eine Seite lässt dich größer werden"
"Jedna strana će vas učiniti višim"
"Und die andere Seite wird dich kleiner werden lassen"
"a druga strana će te skratiti"
"Eine Seite wovon?" dachte Alice bei sich
"Jedna strana čega?" pomislila je Alice u sebi
"Die andere Seite von was?"
"S druge strane čega?"
"Die Seite des Pilzes!" sagte die Raupe
"Sa strane gljive", reče gusjenica
Es war, als hätte sie ihre Frage laut gestellt
kao da je naglas postavila svoje pitanje
und im nächsten Augenblick war er außer Sichtweite
i u drugom trenutku, nestao je iz vidokruga
Alice blieb stehen und betrachtete den Pilz nachdenklich
Alice je ostala zamišljeno promatrati gljivu
**Sie versuchte herauszufinden, welche die beiden Seiten des
Pilzes waren**
Pokušavala je razabrati koje su dvije strane gljive
Endlich streckte sie ihre Arme um den Pilz
Naposljetku je ispružila ruke oko gljive
und sie brach ein Stück der Ränder ab
i odlomila je malo rubova
»Und nun, welche Seite ist welche?« fragte sie sich
"A sada, koja je strana koja?" rekla je u sebi
**und sie knabberte ein wenig von dem Stück der rechten
Hand**
i grickala je malo desne ruke
**Im nächsten Augenblick spürte sie einen heftigen Schlag
unter ihrem Kinn**
Sljedećeg trenutka osjetila je snažan udarac ispod brade

Ihr Kinn hatte ihren Fuß getroffen!
brada joj je udarila u stopalo!
Sie war sehr erschrocken über diese sehr plötzliche Veränderung
Bila je prilično uplašena ovom vrlo iznenadnom promjenom
Sie schrumpfte sehr schnell
Vrlo brzo se smanjivala
Also aß sie schnell etwas von dem anderen Stück Pilz
pa je brzo pojela još malo gljive
Ihr Kinn war sehr eng gegen ihren Fuß gepresst
Brada joj je bila vrlo čvrsto pritisnuta uz stopalo
Es war kaum Platz, um den Mund aufzumachen
jedva da je bilo mjesta da otvori usta
aber schließlich gelang es ihr, den Mund aufzumachen
ali napokon je uspjela otvoriti usta
und sie schluckte einen Bissen von dem linken Stück
i progutala je zalogaj lijeve ruke
»mein Kopf ist endlich frei!« sagte Alice
"Glava mi je napokon oslobođena!" reče Alisa
Sie blickte an sich herunter
pogledala je dolje na sebe
aber alles, was sie sehen konnte, war ein ungeheurer Hals
ali sve što je mogla vidjeti bio je ogroman vrat
Ihr Hals schien sich wie ein Stiel zu erheben
vrat joj se podigao poput stabljike
Und sie blickte auf ein Meer von grünen Blättern hinab
i pogledala je dolje preko mora zelenog lišća
"Wo sind meine Schultern geblieben?"
"Gdje su moja ramena došla?"
»Und ach, meine armen Hände, wie kommt es, daß ich euch nicht sehen kann?«
"I oh, moje jadne ruke, kako to da te ne vidim?"
Aber ihr Hals hatte einen Vorteil
Ali njezin je vrat imao jednu korist
Sie konnte ihren Kopf in jede Richtung bewegen
mogla je pomicati glavu u bilo kojem smjeru
Tatsächlich war sie wie eine Schlange

zapravo, bila je poput zmije
Sie senkte anmutig ihren Kopf im Zickzack
Graciozno je cik-cak spustila glavu prema dolje
Und sie bewegte ihren Kopf durch die Bäume
i pomaknula je glavu kroz drveće
Aber dann hörte sie ein scharfes Zischen
ali onda je začula oštro siktanje
Und sie zog schnell den Kopf zurück
i brzo je povukla glavu unatrag
Eine große Taube war ihr ins Gesicht geflogen
veliki golub joj je uletio u lice
und die Taube fuhr mit den Flügeln heftig zusammen
a golub je bio nasilno s krilima

»Schlange!« rief die Taube

"Zmija!" uzviknuo je golub

"Ich bin keine Schlange!" sagte Alice entrüstet

"Ja nisam zmija!" reče Alice ogorčeno

"Laß mich in Ruhe!"

"Ostavi me na miru!"

"Ich habe die Wurzeln von Bäumen ausprobiert"

"Probao sam korijenje drveća"

"Und ich habe es mit Hecken versucht", fuhr die Taube fort

"I probao sam živice", nastavio je golub

»Aber diese Schlangen! Man kann es ihnen nicht recht machen!"

"Ali te zmije! Nema ih ugoditi!"

Alice war immer verwirrter

Alice je bila sve više i više zbunjena

"Als ob es nicht schon Mühe genug wäre, die Eier auszubrüten!" sagte die Taube

"Kao da nije bilo dovoljno problema s izlijeganjem jaja", rekao je golub

"Tag und Nacht muss ich mich auch vor Schlangen in Acht nehmen!"

"Danju i noću moram paziti i na zmije!"

"Ich hatte gerade den höchsten Baum im Wald gefunden"

"Upravo sam pronašao najviše stablo u šumi"

"Wäre ich hier sicher frei von Schlangen?"

"Sigurno bih ovdje bio slobodan od zmija?"

"Und heraus kommt eine Schlange vom Himmel!"

"I izlazi zmija s neba!"

"Aber ich bin keine Schlange, sage ich dir!" sagte Alice

"Ali ja nisam zmija, kažem ti!" reče Alisa

"Ich bin ein... Ich bin ein... Ich bin ein kleines Mädchen«, fügte sie etwas zweifelnd hinzu

"Ja sam... Ja sam... Ja sam djevojčica", dodala je prilično sumnjičavo

Schließlich hatte sie viele Veränderungen durchgemacht

Na kraju krajeva, prošla je kroz mnoge promjene

"Du suchst Eier!" sagte die Taube

"Tražiš jaja", rekao je golub

"Das weiß ich mit Sicherheit"
"Znam to zasigurno"
"Und was macht es aus, ob du ein kleines Mädchen oder
eine Schlange bist?"
"A kakve veze ima jesi li djevojčica ili zmija?"
»Es liegt mir sehr viel daran,« sagte Alice hastig
"To mi je jako važno", reče Alice žurno
"Aber ich bin nicht auf der Suche nach Eiern, wie es der
Zufall will"
"ali ja ne tražim jaja, kao što to biva"
"Und ich würde deine Eier sowieso nicht wollen"
"i ionako ne bih želio tvoja jaja"
"Ich mag meine Eier nicht roh"
"Ne volim svoja jaja sirova"
»Nun, dann fort!« sagte die Taube in mürrischem Tone
"Pa, onda odlazi!" rekao je golub mrzovoljnim tonom
und die Taube ließ sich wieder in ihrem Nest nieder
i golub se ponovno smjestio u svoje gnijezdo
Alice kauerte sich zwischen die Bäume, so gut sie konnte
Alice je čučnula među drvećem najbolje što je mogla
Ihr Hals verfing sich immer wieder zwischen den Ästen
vrat joj se stalno zapetljao među grane
Hin und wieder musste sie anhalten und ihren Hals
aufdrehen
Svako malo morala je stati i odmotati vrat
Nach einer Weile erinnerte sie sich an den Pilz
Nakon nekog vremena sjetila se gljive
Sie hielt die Pilzstücke noch immer in ihren Händen
još uvijek je držala komadiće gljive u rukama
Und sie machte sich sehr vorsichtig an die Arbeit
i počela je vrlo pažljivo raditi
Zuerst knabberte sie an einem Stück
Prvo je grickala jedan komad
Und dann knabberte sie an dem anderen Stück
a onda je grickala drugi komad
Manchmal wurde sie größer
ponekad je narasla

und manchmal wurde sie kleiner
a ponekad je postajala niža
Aber schließlich erreichte sie ihre übliche Größe
ali na kraju je postigla svoju uobičajenu visinu
Sie war schon seit einiger Zeit nicht mehr so groß wie sie selbst
već neko vrijeme nije bila svoje visine
So fühlte sich alles eine Zeit lang seltsam an
Tako da se sve neko vrijeme činilo čudnim
"Das nächste, was zu tun ist, ist, in diesen schönen Garten zu gehen"
"Sljedeće što treba učiniti je ući u taj prekrasan vrt"
»wie soll man das machen?«
"Kako se to može učiniti, pitam se?"
Während sie dies sagte, stieß sie auf einen offenen Platz
Dok je to govorila, naišla je na otvoreno mjesto
Da war ein kleines Haus, etwas höher als einen Meter
Bila je kućica, malo viša od metra
"Ich frage mich, wer in diesem kleinen Haus wohnt"
"Pitam se tko živi u ovoj kućici"
"So groß wie ich bin, kann ich sicher nicht reingehen"
"Sigurno ne mogu ući tako velik kao što jesam"
"Ich würde sie fürchterlich erschrecken!"
"Strašno bih ih uplašio!"
Also knabberte sie wieder an dem kleinen Pilz
pa je opet grickala malu gljivu
Und bald brachte sie sich dreißig Zentimeter tief
i ubrzo se spustila za trideset centimetara

Ein Schwein und etwas Pfeffer

Svinja i malo papra

Ein oder zwei Minuten lang stand sie da und betrachtete das Haus

Minutu ili dvije stajala je gledajući kuću

Plötzlich kam ein Lakai aus dem Walde gerannt

odjednom je iz šume istrčao sluga

Er trug eine spezielle Livree-Uniform

nosio je posebnu uniformu livreje

Seinem Gesicht nach zu urteilen, hätte sie ihn einen Fisch genannt

Sudeći samo po njegovom licu, nazvala bi ga ribom

und er klopfte laut mit den Fingerknöcheln an die Tür

i glasno je pokucao prstima na vrata

Die Tür wurde von einem anderen Lakaien geöffnet

vrata je otvorio drugi sluga

Auch dieser Lakai trug eine besondere Livree

I ovaj je sluga nosio posebnu livreju

Dieser Lakai hatte ein rundes Gesicht und große Augen wie ein Frosch

Ovaj sluga imao je okruglo lice i velike oči poput žabe

**Der Lakai, der wie ein Fisch aussah, leitete die Zeremonie
ein**
Sluga koji je izgledao kao riba započeo je ceremoniju
Er zog etwas unter seinem Arm hervor
Izvukao je nešto ispod ruke
Und er zog unter seinem Arm einen Umschlag hervor
i izvukao je ispod ruke omotnicu
und diesen Umschlag übergab er dem andern Lakaien
i tu je omotnicu predao drugom slugi
In zeremoniellem Tone teilte er ihm die Befehle mit
Svečanim tonom izrekao mu je zapovijedi
"Diese Botschaft ist für die Herzogin"
"Ova poruka je za vojvotkinju"
"Eine Einladung der Königin zum Krocketspielen"
"Poziv kraljice da igramo kroket"
**Der Lakai, der wie ein Frosch aussah, wiederholte den
Befehl**
Sluga koji je izgledao kao žaba ponovio je naredbu
"Von der Königin"
"od kraljice"
"Eine Einladung"
"poziv"
"für die Herzogin"
"za vojvotkinju"
"Krocket spielen"
"Igranje kroketa"
Dann verbeugten sie sich beide tief
Zatim su se oboje nisko naklonili
**und die Locken in ihren Perücken verwickelten sich
ineinander**
i kovrče na njihovim perikama su se ispreplele
Bald war der Lakai, der wie ein Fisch aussah, verschwunden
Ubrzo je nestao sluga koji je izgledao kao riba
**Aber der Lakai, der wie ein Frosch aussah, war immer noch
da**
Ali sluga koji je izgledao kao žaba još uvijek je bio tamo
Er saß auf dem Boden in der Nähe der Tür

sjedio je na tlu blizu vrata
Er starrte dumm in den Himmel
glupo je zurio u nebo
Alice ging schüchtern zur Tür und klopfte
Alice je sramežljivo prišla vratima i pokucala
»Es hat keinen Zweck, anzuklopfen,« sagte der Lakai
"Nema smisla kucati", rekao je sluga
"Und das aus zwei Gründen"
"I to iz dva razloga"
"Erstens, weil ich auf der gleichen Seite der Tür stehe wie du"
"Prvo, zato što sam na istoj strani vrata kao i ti"
"Zweitens, weil sie drinnen so viel Lärm machen"
"Drugo, zato što iznutra prave toliku buku"
"Niemand könnte dich hören"
"Nitko te nikako nije mogao čuti"
Und es war gewiß ein höchst merkwürdiger Lärm im Innern
I zasigurno se unutra događala najneobičnija buka
ein ständiges Heulen und Niesen
stalno zavijanje i kihanje
und ab und zu ein Geräusch von großem Krachen
i s vremena na vrijeme zvuk velikog udarca
als ob eine Schüssel oder ein Wasserkocher in Stücke zerbrochen wäre
kao da je tanjur ili kuhalo za vodu razbijeno na komadiće
"Wie soll ich da reinkommen?" fragte Alice
"Kako da uđem?" upita Alice
»Wollen Sie überhaupt hineinkommen?« fragte der Lakai
"Trebate li uopće uđivati?" upita sluga
"Das ist die erste Frage, weißt du"
"To je prvo pitanje, znaš"
Alice öffnete die Tür und trat ein
Alice je otvorila vrata i ušla
Die Tür führte direkt in eine große Küche
Vrata su vodila ravno u veliku kuhinju
Die Küche war von einem Ende bis zum anderen voller Rauch

kuhinja je bila puna dima s jednog kraja na drugi
in der Mitte der Küche saß die Herzogin
u sredini kuhinje bila je vojvotkinja
Sie saß auf einem dreibeinigen Hocker
Sjedila je na tronožnoj stolici
und sie stillte ein Baby
i dojila je bebu
Die Köchin beugte sich über das Feuer
kuharica se naginjala nad vatru
Er rührte einen großen Kessel
Miješao je veliki kotao
und der Kessel schien mit Suppe gefüllt zu sein
i činilo se da je kotao pun juhe
"Da ist sicher zu viel Pfeffer drin!" sagte Alice zu sich selbst
"U toj juhi sigurno ima previše papra!" Alice je rekla u sebi
Sie sagte es, so gut sie konnte, ohne zu niesen
rekla je to najbolje što je mogla bez kihanja
Sogar die Herzogin nieste gelegentlich
Čak je i vojvotkinja povremeno kihnula
**Aber die Handlungen des Babys waren am
bemerkenswertesten**
Ali djetetovi postupci bili su najznačajniji
Das Baby nieste und heulte abwechselnd
beba je naizmjenično kihala i zavijala
**Es gab keinen Augenblick Pause zwischen Heulen und
Niesen**
Nije bilo ni trenutka stanke između zavijanja i kihanja
Es gab zwei Kreaturen in der Küche, die nicht niesten
U kuhinji su bila dva stvorenja koja nisu kihala
Die Köchin war zu beschäftigt, um zu niesen
kuharica je bila previše zauzeta da kihne
**Und die große Katze schien sich nicht an dem Pfeffer zu
stören**
a velika mačka kao da joj paprika nije smetala
**Stattdessen grinste die große Katze von einem Ohr zum
anderen**
umjesto toga, velika mačka se smiješila od uha do uha

»Bitte, würdest du es mir sagen,« sagte Alice ein wenig schüchtern
"Molim vas, hoćete li mi reći", reče Alice, pomalo sramežljivo
"Warum grinst deine Katze so?"
"Zašto se tvoja mačka tako smiješi?"
»Es ist eine Cheshire-Katze,« sagte die Herzogin
"To je Cheshire-mačka", reče vojvotkinja
"Und deshalb grinst er von Ohr zu Ohr"
"I zato se smiješi od uha do uha"
"Ich wusste nicht, dass eine Cheshire-Katze immer grinst"
"Nisam znao da se Cheshire-Cat uvijek ceri"
"Eigentlich wusste ich nicht, dass Katzen grinsen können", sagte Alice
"Zapravo, nisam znala da se mačke mogu smiješiti", rekla je Alice
»Es gibt vieles, was Sie nicht wissen,« sagte die Herzogin
"Ima mnogo toga što ne znate", reče vojvotkinja
"Es gibt vieles, was man nicht weiß, und das ist eine Tatsache"
"Ima mnogo toga što ne znate i to je činjenica"
In diesem Augenblick nahm die Köchin den Kessel mit der Suppe vom Feuer
Upravo tada kuhar je skinuo kotao juhe s vatre
Und sogleich fing sie an, alles in ihre Reichweite zu werfen
i odmah je počela bacati sve što joj je bilo nadohvat ruke
sie warf alles, was sie konnte, auf die Herzogin und das Baby
bacila je sve što je mogla na vojvotkinju i bebu
Zuerst warf sie die Feuereisen
Prvo je bacila željeza za vatru
Dann warf sie eine Handvoll Töpfe
Zatim je bacila šaku lonaca
und schließlich warf sie die Teller und Schüsseln
i na kraju je bacila tanjure i posuđe
Die Herzogin nahm keine Notiz von ihr
Vojvotkinja je nije primijetila
Selbst als sie von einem Teller getroffen wurde, machte sie

sich keine Sorgen
Čak i kad ju je udario tanjur, nije se brinula
Das Baby heulte schon so viel
beba je već toliko zavijala
Es war also unmöglich zu sagen, ob die Schläge das Baby verletzt haben oder nicht
pa je bilo nemoguće reći jesu li udarci povrijedili bebu ili ne
"Oh, gib bitte acht, was du tust!" rief Alice
"Oh, molim te, pazi što radiš!" uzvikne Alice
und sie sprang in Todesangst des Entsetzens auf und ab
i skakala je gore-dolje u agoniji užasa
die Herzogin bot Alice das Baby an
vojvotkinja je ponudila Alice bebu
»Hier! Du kannst das Kind ein wenig stillen, wenn du willst!«
"Evo! Možete malo dojiti dijete, ako želite!"
Und sie schleuderte das Kind nach ihr, während sie sprach
i bacila je dijete na nju dok je govorila
"Ich muss gehen und mich darauf vorbereiten, mit der Königin Krocket zu spielen"
"Moram otići i spremiti se za igranje kroketa s kraljicom"
und sie eilte aus dem Zimmer
i požurila je iz sobe
Alice fing das Baby mit einiger Mühe auf
Alice je uhvatila bebu s nekim poteškoćama
weil es ein sehr seltsam geformtes kleines Wesen war
jer je to bilo malo stvorenje vrlo čudnog oblika
Und das Kind streckte seine Arme und Beine nach allen Richtungen aus
a dijete je ispružilo ruke i noge u svim smjerovima
"Das Kind nehme ich lieber mit!" dachte Alice
"Bolje da odvedem ovo dijete sa sobom", pomislila je Alice
"Sie werden dieses Baby sicher in ein oder zwei Tagen töten"
"Sigurno će ubiti ovu bebu za dan ili dva"
"Wäre es nicht Mord, dieses Baby zurückzulassen?"
"Ne bi li bilo ubojstvo ostaviti ovu bebu iza sebe?"

Sie sprach die letzten Worte laut aus
Posljednje riječi izgovorila je naglas
Und das kleine Ding grunzte als Antwort
a mala stvar je gunđala u odgovoru
"Du verwandelst dich am besten nicht in ein Schwein, meine Liebe!" sagte Alice
"Bolje ti je da se ne pretvoriš u svinju, draga moja", reče Alice
"sonst habe ich nichts mehr mit dir zu tun"
"inače više neću imati ništa s tobom"
Alice fing eben an, bei sich selbst zu denken:
Alice je tek počela razmišljati:
»Nun, was soll ich mit diesem Geschöpf anfangen, wenn ich es nach Hause bringe?«
"Sada, što da radim s tim stvorenjem, kad ga odnesem kući?"
Aber dann grunzte das kleine Geschöpf ein wenig heftig
ali onda je malo stvorenje malo silovito gunđalo
und Alice sah ihm erschrocken ins Gesicht
a Alisa ga pogleda u lice u nekoj uznemirenosti
Diesmal konnte es keinen Irrtum geben
Ovaj put nije moglo biti zabune oko toga
Es war nicht mehr und nicht weniger als ein Schwein
nije bila ni više ni manje od svinje
Da setzte sie das kleine Geschöpf ab
I tako je spustila malo stvorenje
und das kleine Geschöpf trabte leise in den Wald hinein
i malo stvorenje tiho odjuri u šumu
Alice war ziemlich erleichtert, als sie die Kreatur verschwinden sah
Alice je osjetila olakšanje kad je vidjela stvorenje kako odlazi
Alice erschrak ein wenig, als sie die Cheshire-Katze sah
Alice je bila pomalo zaprepaštena kad je vidjela Cheshire-Cat
Er saß auf einem Ast eines Baumes, ein paar Meter entfernt
sjedio je na grani drveta nekoliko metara dalje
Die Katze grinste nur, als sie sie sah
Mačka se samo nacerila kad ju je vidjela
»Cheshire-Katze,« begann Alice etwas schüchtern
"Cheshire-mačka", započela je Alice, prilično sramežljivo

»Würden Sie mir bitte sagen, welchen Weg ich von hier aus einschlagen soll?«
"Hoćete li mi, molim vas, reći kojim putem trebam ići odavde?"
"In diese Richtung", sagte die Katze
"U tom smjeru", rekla je mačka
Und er fuchtelte mit der rechten Pfote herum
i mahao je desnom šapom uokolo
"In dieser Richtung lebt ein Hutmacher"
"U tom smjeru živi proizvođač šešira"
Und dann winkte die Katze mit der anderen Pfote
a onda je mačka zamahnula drugom šapom
"Und in dieser Richtung wohnt ein Märzhase"
"I u tom smjeru živi maršovski zec"
»Besuchen Sie, wen Sie wollen; Sie sind beide verrückt"
"Posjetite kako god želite; oboje su ludi"
»Aber ich will nicht unter Verrückte gehen«, bemerkte Alice
"Ali ne želim ići među lude ljude", primijetila je Alice
"Ach, dafür kannst du nicht helfen!" sagte die Katze
"Oh, ne možeš si pomoći", reče Mačka
"Wir sind alle verrückt hier"
"Ovdje smo svi ludi"
"Spielst du heute Krocket mit der Queen?"
"Igraš li danas kroket s kraljicom?"
"Das würde ich sehr gerne!" sagte Alice
"Jako bih voljela", reče Alice
"aber ich bin noch nicht eingeladen worden"
"ali još nisam pozvan"
"Du wirst mich dort sehen!" sagte die Katze
"Vidjet ćeš me tamo", reče Mačka
Und von einem Augenblick auf den anderen verschwand die Katze
i iz trenutka u trenutak mačka je nestajala
bald kam Alice in Sichtweite des Hauses des Märzhasen
ubrzo je Alisa ugledala kuću maršovskog zeca
Das war ein sehr großes Haus
Ovo je bila vrlo velika kuća

Alice wollte also nicht in die Nähe des Hauses gehen

pa se Alice nije htjela približiti kući

Zuerst musste sie noch etwas von dem linken Stück Pilz knabbern

prvo je morala grickati još malo gljive s lijeve strane

Eine verrückte Teeparty
luda čajanka

Vor dem Haus stand ein Baum

Ispred kuće bilo je drvo

Und unter dem Baum stand ein Tisch

a ispod stabla bio je stol

und der Tisch war mit allerlei Besteck gedeckt

a stol je bio postavljen sa svakakvim priborom za jelo

Der Märzhase und der Hutmacher saßen bei Tisch

Martovski zec i šeširar bili su za stolom

und zusammen tranken sie Tee

i zajedno su pili čaj

Ein Siebenschläfer saß zwischen ihnen

Između njih je sjedio puh

und der Siebenschläfer schlief fest

a puh je čvrsto spavao

Der Tisch war von außergewöhnlicher Größe

Stol je bio izvanredne veličine

Aber der größte Teil des Tisches war unbesetzt

ali veći dio stola bio je nezauzet

Sie saßen dicht gedrängt an einer Ecke des Tisches

sjedili su nagurani zajedno u jednom kutu stola

und doch entschuldigten sie sich, als sie Alice sahen

a ipak su se opravdavali kad su vidjeli Alice

»Kein Platz! Kein Platz!« schrien sie

"Nema mjesta! Nema mjesta!" vikali su

»Es ist viel Platz!« sagte Alice entrüstet

"Ima dovoljno mjesta!" reče Alice ogorčeno

An einem Ende des Tisches stand ein großer Sessel

Na jednom kraju stola nalazila se velika fotelja
und Alice setzte sich in den Sessel
a Alice je sjela u fotelju
Der Hutmacher riss die Augen weit auf
Šeširar je širom otvorio oči
Er konnte nicht glauben, was er da sah
nije mogao vjerovati što vidi
aber sein Geist war neugierig auf andere Dinge
ali njegov je um bio znatiželjan o drugim stvarima
»Warum ist ein Rabe wie ein Schreibtisch?«
"Zašto je gavran poput pisaćeg stola?"
Alice war offen für die Herausforderung
Alice je bila otvorena za izazov
"Ich bin froh, dass sie angefangen haben, Rätsel zu stellen"
"Drago mi je da su počeli postavljati zagonetke"
»Ich glaube, das kann ich erraten«, fügte sie laut hinzu
"Vjerujem da to mogu pogoditi", dodala je naglas
Der Märzhase wurde neugierig auf Alice
Zec je postao znatiželjan za Alice
"Glaubst du wirklich, dass du die Antwort finden kannst?"
"Zar stvarno misliš da možeš pronaći odgovor?"
»Ich glaube, ich kann die Antwort finden,« sagte Alice
"Mislim da doista mogu pronaći odgovor", reče Alice
**»Dann sollst du sagen, was du meinst,« fuhr der Märzhase
fort**
"Onda bi trebao reći što misliš", nastavio je marširajući zec
»Ich sage, was ich meine,« erwiderte Alice hastig
"Govorim ono što mislim", Alice je žurno odgovorila
"Zumindest meine ich ernst, was ich sage"
"u najmanju ruku mislim ono što govorim"
"Das ist dasselbe, weißt du"
"To je ista stvar, znaš"
Auch der Siebenschläfer trug zu dem Gespräch bei
Puh je također pridonio razgovoru
Aber der Siebenschläfer schien im Schlaf zu sprechen
ali činilo se da puh govori u snu
"Ich atme, wenn ich schlafe"

"Dišem dok spavam"
"Ich schlafe, wenn ich atme!"
"Spavam kad dišem!"
"Man könnte genauso gut sagen, dass sie auch gleich sind"
"Mogli biste reći da su i oni isti"
"So ist es auch bei dir!" sagte der Hutmacher
"Isto je i s tobom", reče šeširar
und er goß ein wenig Tee über die Nase des Siebenschläfers
i natočio je malo čaja na nos puha
Das Murmelthier schüttelte ungeduldig den Kopf
Puh je nestrpljivo odmahnuo glavom
Und wieder sprach das Murmelmaus, ohne die Augen zu öffnen
I opet je puh progovorio, ne otvarajući oči
"Natürlich, natürlich ist es dasselbe"
"Naravno, naravno da je isto"
"Das wollte ich ja auch sagen"
"To je upravo ono što sam htio reći"

Der Hutmacher wandte sich an Alice und stellte eine weitere Frage
Proizvođač šešira okrenuo se prema Alice i postavio još jedno pitanje
"Hast du das Rätsel schon erraten?"
"Jesi li već pogodio zagonetku?"
"Nein, ich gebe auf", gab Alice zu
"Ne, odustajem", priznala je Alice
"Was ist die Antwort?", wollte sie wissen
"Koji je odgovor?" željela je znati
»Ich habe nicht die geringste Ahnung,« sagte der Hutmacher
"Nemam pojma", rekao je šeširar
"Ich weiß es auch nicht!" sagte der Märzhase
"Ni ja ne znam", reče maršijski zec
Alice stieß einen müden Seufzer aus
Alice je umorno uzdahnula
"Es gibt eine bessere Nutzung der Zeit als Rätsel ohne Antworten"
"Postoje bolje iskorištenosti vremena od zagonetki bez odgovora"
»Trinken Sie noch etwas Tee,« sagte der Märzhase sehr ernst zu Alice
"Popijte još malo čaja", rekao je zec Alice vrlo ozbiljno
Alice war ziemlich beleidigt über das Angebot
Alice je bila prilično uvrijeđena ponudom
»Ich habe noch keinen Tee getrunken,« erwiderte Alice
"Još nisam popila čaj", odgovori Alice
"Deshalb kann ich keinen Tee mehr trinken"
"stoga ne mogu više piti čaj"
»Du meinst, weniger Tee kannst du nicht haben«, sagte der Hutmacher
"Misliš, ne možeš popiti manje čaja", rekao je proizvođač šešira
"Es ist sehr einfach, mehr als nichts zu nehmen"
"Vrlo je lako uzeti više od ničega"
Bei diesen Worten erhob sich Alice und ging fort
Na to je Alice ustala i otišla
Der Siebenschläfer schlief augenblicklich ein

Puh je odmah zaspao
und keiner der andern nahm die geringste Notiz davon, daß sie ging
i nitko od ostalih nije ni najmanje primijetio njezin odlazak
obwohl sie ein- oder zweimal zurückblickte
iako se jednom ili dvaput osvrnula
Sie versuchten, den Siebenschläfer in die Teekanne zu stecken
Pokušavali su staviti puha u čajnik
"Jedenfalls werde ich nie wieder dorthin gehen!" sagte Alice
"U svakom slučaju, nikad više neću otići tamo!" reče Alice
Und sie ging ihren Weg durch den Wald
i hodala je kroz šumu
"Das war die dümmste Teeparty, auf der ich je war"
"To je bila najgluplja čajanka na kojoj sam ikada bio"
Gerade als sie das sagte, bemerkte sie etwas
Baš kad je to rekla, primijetila je nešto
Einer der Bäume hatte eine Tür, die direkt hineinführte
Jedno od stabala imalo je vrata koja su vodila ravno u njega
»Das ist sehr interessant!« dachte sie
"To je vrlo zanimljivo!" pomislila je
"Ich denke, ich kann genauso gut durch die Tür gehen"
"Mislim da bih mogao proći kroz vrata"
Und durch die Tür ging sie
I kroz vrata je ušla
Wieder befand sie sich in der langen Halle
Još jednom se našla u dugoj dvorani
Wieder stand sie dicht an dem kleinen Glastisch
opet je bila blizu malog staklenog stolića
Sie nahm den kleinen goldenen Schlüssel
Uzela je mali zlatni ključ
und sie schloß die Tür auf, die in den Garten führte
i otključala je vrata koja su vodila u vrt
Dann machte sie sich daran, an dem Pilz zu knabbern
Zatim se bacila na posao grickajući gljivu
Sie hatte ein Stück des Pilzes in ihrer Tasche aufbewahrt
Držala je komad gljive u džepu

Und schließlich war sie etwa einen Meter groß
i na kraju je bila visoka oko metar
dann ging sie den kleinen Korridor hinunter
Zatim je krenula malim hodnikom
**Und dann fand sie sich endlich in dem schönen Garten
wieder**
A onda se konačno našla u prekrasnom vrtu
**Und sie war zwischen den hellen Blumen und den kühlen
Springbrunnen**
i bila je među svijetlim cvijećem i hladnim fontanama

Der Krocketplatz der Königinnen
Kraljičino igralište za kroket

Ein großer Rosenstrauch stand in der Nähe des Eingangs des Gartens

Veliko stablo ruže stajalo je blizu ulaza u vrt

Die Rosen, die an dem Baum wuchsen, waren weiß

ruže koje su rasle na drvetu bile su bijele

aber es waren drei Gärtner, die die Rose bemalten

Ali bila su tri vrtlara koji su slikali ružu

Sie waren damit beschäftigt, die Rosen rot zu färben

Užurbano su bojali ruže u crveno

und Alice sah zu, wie sie die Rosen rot färbten

a Alice ih je gledala kako boje ruže u crveno

und plötzlich fielen ihre Augen zufällig auf Alice

i odjednom su im oči padale na Alice

Alice sprach ein wenig schüchtern

Alice je govorila pomalo sramežljivo

»Würden Sie es mir bitte sagen?«

"Hoćete li mi reći, molim vas?"

"Warum malt ihr alle diese Rosen?"

"Zašto svi bojite te ruže?"

Fünf und Sieben sagten nichts, sondern sahen zwei an

pet i sedam nisu ništa rekli, ali su pogledali dva

zwei Sprecher, mit leiser Stimme

Dvojica su progovorila, tihim glasom

»Nun, die Sache ist die, sehen Sie, gnädige Frau.«

"Pa, činjenica je, vidite, gospođo"

"Das hier hätte ein roter Rosenstrauch sein sollen"

"Ovo je ovdje trebalo biti crveno stablo ruže"

"Und wir haben aus Versehen einen weißen Rosenstrauch hineingesetzt"

"i greškom smo stavili bijelo stablo ruže"

"Wie Sie mir zustimmen würden, darf die Königin es nicht herausfinden"

"Kao što se slažete, kraljica ne smije saznati"

"Sonst würden wir uns allen die Köpfe abschneiden"

"inače bi nam svima odsjekli glave"

"Sie sehen also, gnädige Frau, wir tun unser Bestes"
"Dakle, vidite, gospođo, dajemo sve od sebe"
Karte fünf hatte ängstlich über den Garten geschaut
Kartica pet zabrinuto je gledala preko vrta
In diesem Augenblick rief die fünfte Karte: "Die Königin! Die Königin!"
U tom trenutku peta karta je viknula: "Kraljica! Kraljica!"
und die drei Gärtner eilten augenblicklich davon
i tri vrtlara su odmah pobjegla
und sie warfen sich flach auf ihre Gesichter
i bacili su se ravno na lice
Man hörte das Geräusch vieler Schritte
Čuli su se mnogi koraci
Alice sah sich um, begierig darauf, die Königin zu sehen
Alisa se osvrnula oko sebe, željna vidjeti kraljicu
Am Anfang des Zuges standen zehn Soldaten
Na početku povorke bilo je deset vojnika
Ihre Hände und Füße waren in den Ecken
ruke i noge bile su im u kutovima
und in ihren Händen und Füßen waren Keulen
a u rukama i nogama bile su im toljage
Als nächstes kamen die zehn Höflinge
Slijedilo je deset dvorjana
die Höflinge waren über und über mit Diamanten geschmückt
dvorjani su posvuda bili ukrašeni dijamantima
Nach den Höflingen kamen die königlichen Kinder
Nakon dvorjana došla su kraljevska djeca
Es waren zehn der königlichen Kinder
Bilo je desetero kraljevske djece
und alle königlichen Kinder waren mit Herzen geschmückt
i sva kraljevska djeca bila su ukrašena srcima
Dann kamen die Gäste; Meist Könige und Königinnen
Zatim su došli gosti; uglavnom kraljevi i kraljice
und unter den Königen und Königinnen sah Alice jemanden
a među kraljevima i kraljicom Alisa je vidjela nekoga
Sie sah wieder das weiße Kaninchen, das sie gejagt hatte

ponovno je ugledala bijelog zeca kojeg je progonila
Der Prozession folgte der Spitzbube der Herzen
Povorku je pratio srdačnik
Er trug die Krone des Königs
nosio je kraljevu krunu
und die Krone des Königs lag auf einem purpurnen Samtkissen
a kraljeva kruna bila je na grimiznom baršunastom jastuku
Und dann kam das Ende dieser großen Prozession
A onda je došao kraj ove velike povorke
Und da waren am Ende der König und die Königin der Herzen
i tamo na kraju su bili kralj i kraljica srca
der Zug kam Alice gegenüber
povorka je došla nasuprot Alice
Und alle blieben stehen und sahen sie an
i svi su zastali i pogledali je
Und die Königin sprach streng: "Wer ist das?"
a kraljica je ozbiljno rekla: "Tko je to?"
Sie sagte es zum Herzknaben
Rekla je to Knave of Hearts
aber er verbeugte sich nur und lächelte als Antwort
ali on se samo naklonio i nasmiješio u odgovoru
Alice sprach sehr höflich
Alice je govorila vrlo pristojno
"Mein Name ist Alice, also bitte, Eure Majestät"
"Moje ime je Alice, pa molim Vaše Veličanstvo"
Aber sie hatte andere Gedanken für sich
ali imala je druge misli za sebe
"Es ist doch nur ein Kartenspiel!"
"Na kraju krajeva, to je samo paket karata!"
»Kannst du Krocket spielen?« rief die Königin
"Znaš li igrati kroket?" viknula je kraljica
Die Frage war offenbar an Alice gerichtet
Pitanje je očito bilo namijenjeno Alice
"Ja!" sagte Alice laut
"Da!" rekla je Alice glasno

"Komm also spielen!" brüllte die Königin
"Dođi se onda igrati!" zaurlala je kraljica
sprach eine schüchterne Stimme zu Alice
plašljiv glas progovorio je Alice
"Es ist ein sehr schöner Tag!"
"Vrlo je lijep dan!"
Sie ging an dem weißen Kaninchen vorbei
Šetala je pored bijelog zeca
und das weiße Kaninchen guckte ihr ängstlich ins Gesicht
a Bijeli Zec joj je zabrinuto virio u lice
»ein sehr schöner Tag,« bestätigte Alice
"Zaista vrlo lijep dan", potvrdi Alice
»Wo ist die Herzogin?«
"Gdje je vojvotkinja?"
»Still! Still!" sagte das Kaninchen
"Šuti! Šuti!" rekao je Zec
"Sie ist zum Tode verurteilt"
"Ona je osuđena na pogubljenje"
»Wofür wird sie hingerichtet?« fragte Alice
"Zbog čega je pogubljena?" upita Alice
"Sie hat der Königin die Ohren abgewetzt", begann das
Kaninchen
"Ogrebala je kraljičine uši", započeo je zec
schrie die Königin mit Donnerstimme
Kraljica je viknula gromoglasnim glasom
"Ran an eure Plätze!"
"Idite na svoja mjesta!"
Und die Leute rannten in alle Richtungen herum
i ljudi su počeli trčati u svim smjerovima
Und sie fielen alle aneinander
i svi su se srušili jedni na druge
Sie hatten sich jedoch in ein oder zwei Minuten beruhigt
Međutim, smjestili su se za minutu ili dvije
Und dann begann das Spiel
A onda je utakmica počela
Alice hatte noch nie einen so merkwürdigen Krocketplatz
gesehen

Alice nikada nije vidjela tako čudno igralište za kroket
Das Gras bestand nur aus Graten und Furchen
trava je bila sva grebena i brazda
Die Krocketbälle waren echte Igel
Loptice za kroket bile su pravi ježevi
und die Schlägel waren echte Flamingos
a čekići su bili pravi flamingosi
und die Soldaten standen auf Händen und Füßen
a vojnici su stajali na rukama i nogama
weil die Bögen aus ihren Körpern gemacht wurden
jer su lukovi napravljeni od njihovih tijela
Die Spieler spielten alle gleichzeitig
Svi igrači su igrali odjednom
Niemand wartete, bis er an der Reihe war
nitko nije čekao svoj red
und jeder stritt sich mit jedem
i svi su se svađali sa svima
und alle kämpften für die Igel
i svi su se borili za ježeve
Bald geriet die Königin in eine wütende Leidenschaft
Ubrzo je kraljica bila u bijesnoj strasti
Und sie fing an, herumzustampfen und zu schreien
i počela je gaziti uokolo i vikati
»Hacken Sie ihm den Kopf ab!«
"Odsijeci mu glavu!"
"Hack ihr den Kopf ab!"
"Odsijeci joj glavu!"
"Hackt ihnen alle Köpfe ab!"
"Odsjeći im sve glave!"
Wieder dachte Alice bei sich.
Alice je opet pomislila u sebi
"Sie lieben es schrecklich, hier Menschen zu enthaupten"
"Ovdje užasno vole odrubljivati glave ljudima"
**"Das große Wunder ist, dass überhaupt noch jemand am
Leben ist!"**
"Veliko je čudo da je netko ostao živ!"
Sie sah sich nach einem Ausweg um

Tražila je neki način bijega
Sie bemerkte eine merkwürdige Erscheinung in der Luft
primijetila je znatiželjnu pojavu u zraku
»Es ist die Cheshire-Katze,« sagte sie zu sich selbst
"To je Cheshire-mačka", rekla je u sebi
"Jetzt habe ich jemanden, mit dem ich reden kann"
"sada ću imati s kim razgovarati"
"Wie geht es dir?" fragte die Katze
"Kako ste?" upita mačka
»Ich glaube nicht, daß sie ganz und gar fair spielen«, sagte Alice
"Mislim da uopće ne igraju pošteno", rekla je Alice
Und sie hatte einen ziemlich klagenden Ton
i imala je prilično prigovarajući ton
"Sie streiten sich alle so fürchterlich"
"Svi se tako strašno svađaju"
"Man hört sich selbst nicht sprechen"
"Čovjek ne može čuti sebe kako govori"
"Und sie scheinen sich nicht an irgendwelche Regeln zu halten"
"i čini se da ne igraju po bilo kakvim pravilima"
die Katze stellte Alice mit leiser Stimme eine Frage
mačka je tihim glasom postavila Alice pitanje
"Wie gefällt dir die Königin?"
"Kako ti se sviđa kraljica?"
»Ich mag sie gar nicht,« sagte Alice
"Uopće mi se ne sviđa", reče Alice

Alice dachte, sie könnte genauso gut zurückgehen
Alice je pomislila da bi se mogla vratiti
Sie wollte sehen, wie das Spiel läuft
željela je vidjeti kako ide utakmica
Sie machte sich auf die Suche nach ihrem Igel
Otišla je u potragu za svojim ježem
Der Igel war damit beschäftigt, gegen einen anderen Igel zu kämpfen
Jež je bio zauzet borbom s drugim ježem
Das war eine ausgezeichnete Gelegenheit
Ovo je bila izvrsna prilika
Sie konnte einen Igel mit dem anderen krocketen
Mogla je kuketirati jednog ježa s drugim
Aber ihr Flamingo war auf der anderen Seite des Gartens
ali njezin je flamingo bio s druge strane vrta
Der Flamingo war ziemlich tollpatschig
Flamingo je bio prilično nespretan
Ihr Flamingo versuchte, gegen einen Baum zu fliegen
njezin flamingo pokušavao je odletjeti u drvo

Sie packte den Flamingo am Bein
Uhvatila je flaminga za nogu
Und sie schob sich den Flamingo unter den Arm
i gurnula je flaminga pod ruku
So konnte der Flamingo nicht mehr entkommen
Na taj način flamingo više nije mogao pobjeći
In diesem Augenblick traf Alice zufällig die Herzogin
Upravo tada je Alice slučajno upoznala vojvotkinju
Die Herzogin war nun aus dem Gefängnis entlassen worden
Vojvotkinja je sada izašla iz zatvora
Sie schob ihren Arm liebevoll unter Alices Arm
Nježno je uvukla ruku ispod Aliceine ruke
Und dann gingen sie zusammen fort
a onda su zajedno otišli
Alice war sehr froh, sie in so angenehmer Laune zu finden
Alisa je bila vrlo sretna što ju je zatekla u tako ugodnoj naravi
Sie erschrak jedoch ein wenig
Međutim, bila je pomalo zaprepaštena
Sie hörte die Stimme der Herzogin dicht an ihrem Ohr
čula je glas vojvotkinje blizu uha
"Du denkst über etwas nach, meine Liebe"
"Razmišljaš o nečemu, draga moja"
"Und das lässt dich das Reden vergessen"
"I zbog toga zaboravljaš govoriti"
»Das Spiel geht jetzt etwas besser«, sagte Alice
"Igra sada ide prilično bolje", rekla je Alice
Es war eine Möglichkeit, das Gespräch am Laufen zu halten
to je bio jedan od načina da se razgovor nastavi
»So ist es,« sagte die Herzogin
"To je doista tako", reče vojvotkinja
"Und die Moral davon ist folgende."
"A pouka toga je ova:"
"Es ist die Liebe, die alles macht!"
"Ljubav je ta koja čini sve!"
"Liebe ist das, was die Welt bewegt"
"Ljubav je ono što pokreće svijet"
Alice hatte eine andere Erklärung

Alice je imala drugo objašnjenje
**"Das macht jeder, der sich um seine eigenen
Angelegenheiten kümmert!"**
"To radi tako što svatko gleda svoja posla!"
»Ah, gut! Du könntest Recht haben"
"Ah, dobro! Možda ste u pravu"
»Es bedeutet alles ziemlich dasselbe,« sagte die Herzogin
"Sve to znači gotovo istu stvar", reče vojvotkinja
und sie grub ihr spitzes kleines Kinn in Alices Schulter
i zabila je svoju oštru malu bradu u Aliceino rame
"Und die Moral davon ist folgende"
"A pouka toga je ovo"
"Kümmere dich um die Sinne"
"Pazi na razum"
"Und dann erledigen sich die Klänge von selbst"
"I tada će se zvukovi pobrinuti sami za sebe"
Aber dann fing der Arm der Herzogin an zu zittern
Ali tada je vojvotkinjina ruka počela drhtati
Alice blickte auf und da stand die Königin
Alisa je podigla pogled i stajala je kraljica
Die Königin hatte die Arme verschränkt
kraljica je imala prekrižene ruke
Und sie runzelte die Stirn wie ein Gewitter!
i mrštila se poput grmljavine!
»Ich warne dich!« schrie die Königin
"Pošteno vas upozoravam", viknula je kraljica
Und sie stampfte auf den Boden, während sie sprach
i gazila je po tlu dok je govorila
"Entweder dein Kopf oder ihr Kopf muss ausgeschaltet sein"
"Ili tvoja glava ili njezina glava mora biti odsječena"
"Treffen Sie Ihre Wahl!"
"Izaberi!"
"Und beeilen Sie sich"
"i požuri s tim"
Die Herzogin traf ihre Wahl
Vojvotkinja je napravila svoj izbor
und in einem Augenblick war die Herzogin verschwunden

i za trenutak vojvotkinja je nestala
Da sprach die Königin zu Alice
Tada je kraljica razgovarala s Alicom
"Weiter geht's mit dem Spiel"
"Nastavimo s igrom"
Alice war zu erschrocken, um ein Wort zu sagen
Alice je bila previše uplašena da kaže riječ
und langsam folgte sie ihrem Rücken zum Krocketplatz
i polako je slijedila natrag do igrališta za kroket
Die ganze Zeit stritt sich die Dame mit den anderen Spielern
cijelo vrijeme kraljica se svađala s ostalim igračima
»Hacken Sie ihm den Kopf ab!«
"Odsijeci mu glavu!"
"Hack ihr den Kopf ab!"
"Odsijeci joj glavu!"
"Hackt ihnen alle Köpfe ab!"
"Odsjeći im sve glave!"
Bald waren alle Spieler in Gewahrsam
Ubrzo su svi igrači bili u pritvoru
nur der König, die Königin und Alice blieben zurück
ostali su samo kralj, kraljica i Alice
Da ging die Königin, ganz außer Atem
Tada je kraljica otišla, sasvim bez daha
und sie ging mit Alice fort
i otišla je s Alice
Alice hörte, wie der König leise etwas sagte
Alisa je čula kralja kako tiho govori nešto
"Ihr seid alle begnadigt"
"Svi ste pomilovani"
aber plötzlich hörte man einen neuen Schrei
ali odjednom se začuo još jedan krik
"Der Prozess beginnt!"
"Suđenje počinje!"
und Alice lief mit den andern
a Alice je trčala zajedno s ostalima

Wer hat die Torten gestohlen?

Tko je ukrao kolače?

Der Herzkönig und die Herzkönigin saßen

Kralj i kraljica srca sjedili su

sie saßen auf ihrem Thron, als Alice ankam

bili su na svom prijestolju kad je Alice stigla

Eine große Menschenmenge war um sie herum versammelt

oko njih se okupilo veliko mnoštvo

Es gab allerlei kleine Vögel und Bestien

Bilo je svakakvih ptičica i zvijeri

Und da war das ganze Kartenspiel

A tu je bio i cijeli paket karata

Der Spitzbube stand in Ketten vor ihnen

Ždak je stajao ispred njih, u lancima

und auf jeder Seite war ein Soldat, der ihn bewachte

a sa svake strane bio je vojnik koji ga je čuvao

in der Nähe des Königs war das weiße Kaninchen

blizu kralja bio je bijeli zec

Er hatte eine Trompete in der einen Hand

U jednoj ruci imao je trubu

Und in der andern Hand hielt er eine Pergamentrolle

a u drugoj ruci imao je svitak pergamenta

In der Mitte des Platzes stand ein Tisch

U samoj sredini dvorišta bio je stol

Auf dem Tisch stand eine große Schüssel mit Torten

Na stolu je bila velika posuda kolača

**"Ich wünschte, sie würden den Prozess zu Ende bringen",
dachte Alice**

"Voljela bih da završe suđenje", pomislila je Alice

"Dann könnten wir etwas von diesen Erfrischungen essen!"

"Onda bismo mogli pojesti malo tog osvježenja!"

Der Richter war übrigens der König
Sudac je, usput, bio kralj
und er trug seine Krone über seiner großen Perücke
i nosio je svoju krunu preko svoje velike perike
»Das ist die Loge der Geschworenen!« dachte Alice
"To je porotnička loža", pomisli Alice
"Und diese zwölf Geschöpfe, ich nehme an, sie sind die Geschworenen"
"A tih dvanaest stvorenja, pretpostavljam da su porotnici"
einige waren Tiere, andere waren Vögel
neke su bile životinje, a neke ptice
In diesem Augenblick schrie das weiße Kaninchen auf
Upravo tada je bijeli zec zavapio
"Schweigen im Gericht!"

"Tišina u sudnici!"

»Herold, lesen Sie die Anklage!« sagte der König

"Glasniče, pročitaj optužbu!" reče kralj

Das weiße Kaninchen blies drei Stöße auf die Trompete

Bijeli zec je tri puta puhao u trubu

dann entrollte er die Pergamentrolle

zatim je odmotao pergamentni svitak

Und er las folgendes:

i pročitao je sljedeće:

"Die Königin der Herzen, sie hat ein paar Torten gebacken."

"Kraljica srca, napravila je neke kolače,"

"All das tat sie an einem Sommertag"

"Sve je to učinila jednog ljetnog dana"

"Der Schurke der Herzen, er hat diese Torten gestohlen"

"Srdačak, ukrao je te kolače"

"Und er hat diese Torten weit weg gebracht!"

"I odnio je te kolače daleko!"

»Rufen Sie den ersten Zeugen,« sagte der König

"Pozovi prvog svjedoka", rekao je kralj

und das weiße Kaninchen blies drei Stöße auf die Trompete

a bijeli zec je tri puta zatrubio u trubu

»Bringt den ersten Zeugen!« rief er

"Dovedite prvog svjedoka!" povikao je

Der erste Zeuge war der Hutmacher

Prvi svjedok bio je proizvođač šešira

Er kam mit einer Teetasse in der einen Hand herein

Ušao je sa šalicom čaja u jednoj ruci

Und in der anderen Hand hatte er ein Stück Brot und Butter

a u drugoj ruci imao je komad kruha i maslaca

»Du hättest fertig sein sollen,« sagte der König

"Trebao si završiti", reče kralj

"Wann hast du angefangen?"

"Kada si počeo?"

Der Hutmacher schaute sich den Märzhasen an

Šeširar je pogledao marširajućeg zeca

Der Märzhase war ihm in den Hof gefolgt

Marški zec slijedio ga je u dvor

Er war Arm in Arm mit dem Siebenschläfer gegangen
Hodao je ruku pod ruku s puhom
»Ich glaube, es war der vierzehnte März«, sagte er
"Četrnaestog ožujka, mislim da je bilo", rekao je
»Geben Sie Ihre Aussage,« sagte der König
"Svjedočite", rekao je kralj
"Und sei nicht nervös, sonst lasse ich dich auf der Stelle hinrichten"
"i ne budi nervozan, ili ću te pogubiti na licu mjesta"
Das schien den Zeugen überhaupt nicht zu ermutigen
Čini se da to uopće nije ohrabrilo svjedoka
Er rutschte immer wieder von einem Fuß auf den anderen
stalno se premještao s jedne noge na drugu
und er sah die Königin unruhig an
i nelagodno je pogledao kraljicu
und in seiner Verwirrung biß er ein großes Stück aus seiner Teetasse
i, u svojoj zbunjenosti, odgrizao je veliki komad iz svoje šalice za čaj
Eigentlich wollte er von seinem Brot und seiner Butter beißen
Zapravo je namjeravao zagristi svoj kruh i maslac
In diesem Augenblick fühlte Alice eine sehr merkwürdige Empfindung
Upravo u tom trenutku Alice je osjetila vrlo znatiželjan osjećaj
Sie fing an, wieder größer zu werden
Ponovno je počela rasti
Der unglückliche Hutmacher ließ seine Teetasse fallen
Jadni proizvođač šešira ispustio je šalicu za čaj
und das Brot und die Butter fielen zu Boden
i kruh i maslac pali su na zemlju
und er fiel auf die Knie
i on je kleknuo na jedno koljeno
»Ich bin ein armer Mann, Eure Majestät,« begann er
"Ja sam siromašan čovjek, Vaše Veličanstvo", započeo je
»Du bist ein sehr schlechter Redner,« sagte der König
"Ti si vrlo loš govornik", reče kralj

»Du darfst gehen,« sagte der König
"Možete ići", reče kralj
und der Hutmacher verließ eilig den Hof
i šeširar je žurno napustio dvorište
»Rufen Sie den nächsten Zeugen her!« sagte der König
"Pozovi sljedećeg svjedoka!" reče kralj
Der nächste Zeuge war die Köchin der Herzogin
Sljedeći svjedok bila je vojvotkinjina kuharica
Sie trug die Pfefferdose in der Hand
U ruci je nosila kutiju s paprom
Und die Leute in der Nähe der Tür fingen auf einmal an zu niesen
i ljudi blizu vrata odjednom su počeli kihati
»Geben Sie Ihre Aussage,« sagte der König
"Svjedočite", rekao je kralj
»Ich will nichts beweisen,« sagte die Köchin
"Neću svjedočiti", reče kuhar
Der König sah das weiße Kaninchen ängstlich an
Kralj je zabrinuto pogledao bijelog zeca
Und das weiße Kaninchen sprach mit leiser Stimme
i bijeli zec je progovorio tihim glasom
"Eure Majestät müssen diesen Zeugen ins Kreuzverhör nehmen"
"Vaše Veličanstvo mora unakrsno ispitati ovog svjedoka"
»Nun, wenn ich muß, so muß ich,« sagte der König
"Pa, ako moram, moram", reče kralj
"Woraus bestehen Torten?"
"Od čega se prave kolači?"
»Torten werden meistens aus Pfeffer gemacht«, sagte die Köchin
"Torte se uglavnom rade od papra", rekao je kuhar
Einige Minuten lang war der ganze Hof in Verwirrung
Nekoliko minuta cijelo je dvorište bilo u zbunjenosti
Schließlich ließen sie sich alle wieder nieder
Na kraju su se svi ponovno skrasili
Aber da war die Köchin schon verschwunden
ali do tada je kuhar nestao

»Macht nichts!« sagte der König

"Nema veze!" rekao je kralj

"Rufen Sie den nächsten Zeugen in den Zeugenstand"

"Pozovite sljedećeg svjedoka"

Alice beobachtete das weiße Kaninchen, wie es an der Liste herumfummelte

Alice je promatrala bijelog zeca dok je petljao po popisu

Sie können sich vorstellen, wie überrascht sie war, als sie das hörte, was sie als nächstes hörte

Možete zamisliti njezino iznenađenje onim što je sljedeće čula

Mit lauter schriller kleiner Stimme rief er den Namen »Alice!«

iz sveg glasa nazvao je ime "Alice!"

Alices Beweise
Alicein dokaz

»Hier!« rief Alice
"Evo!" uzvikne Alisa
Sie sprang in großer Eile auf
Skočila je u velikoj žurbi
und sie kippte die Geschworenenloge um
i prevrnula je porotničku ložu
und sie warf alle Geschworenen um
i srušila je sve porotnike
und sie fielen auf die Köpfe der Menge unten
i padoše na glave mnoštva dolje
Alice war in großer Bestürzung
Alice je bila u velikom zaprepaštenju
»Oh, ich bitte um Verzeihung!« rief sie aus
"Oh, oprostite!" uzviknula je
»Der Prozeß kann nicht fortgesetzt werden,« sagte der König
"Suđenje se ne može nastaviti", reče kralj
"Die Geschworenen müssen wieder an ihre angestammten Plätze zurückkehren"
"Porotnici se moraju vratiti na svoja mjesta"
Er wiederholte den Befehl mit großem Nachdruck
ponovio je naredbu s velikim naglaskom
und er sah Alice streng an
i strogo je pogledao Alice
"Was weißt du über diese Ereignisse?" fragte der König Alice
"Što znaš o tim događajima?" upitao je kralj Alisu
»Ich weiß nichts von der Sache,« sagte Alice
"Ne znam ništa o tome", reče Alice
Dann las der König aus seinem Buch vor
Kralj je zatim pročitao iz svoje knjige
"Regel zweiundvierzig"
"Pravilo četrdeset i dva"
"Alle Personen, die mehr als eine Meile hoch sind, sollen das Gericht verlassen"
"Sve osobe visoke više od milje trebaju napustiti sud"

»Ich bin keine Meile hoch,« sagte Alice
"Nisam ni kilometar visoka", rekla je Alice
»Fast zwei Meilen hoch,« sagte die Königin
"Gotovo dvije milje visoke", reče kraljica

»Nun, ich weigere mich zu gehen,« sagte Alice
"Pa, odbijam ići", reče Alice
Der König erbleichte
Kralj je problijedio
und er schloß hastig sein Notizbuch
i žurno je zatvorio bilježnicu
»Überlegen Sie sich Ihr Urteil«, sagte er zu den
Geschworenen
"Razmislite o svojoj presudi", rekao je poroti
Er sprach mit leiser, zitternder Stimme
Govorio je tihim, drhtavim glasom
Da sprach das weiße Kaninchen
Tada je progovorio bijeli zec
"Es werden noch mehr Beweise kommen"
"Ima još dokaza koji će doći"
und er sprang in großer Eile auf

i skočio je u velikoj žurbi
"Dieses Papier wurde gerade abgeholt"
"Ovaj papir je upravo preuzet"
"Es scheint ein Brief des Gefangenen zu sein"
"Čini se da je to pismo koje je napisao zatvorenik"
Er faltete das Papier auseinander, während er sprach
Dok je govorio, rasklopio je papir
"Es ist doch kein Brief"
"Ipak to nije pismo"
"Was es war, war eine Reihe von Versen"
"Ono što je to bilo bio je skup stihova"
»Bitte, Eure Majestät,« sagte der Spitzbube
"Molim vas, Vaše Veličanstvo", reče nitkovac
"Ich habe diese Verse nicht geschrieben"
"Nisam ja napisao te stihove"
"und sie können nicht beweisen, dass ich etwas geschrieben habe"
"i ne mogu dokazati da sam išta napisao"
"Am Ende ist kein Name unterschrieben"
"Na kraju nema potpisanog imena"
Der König sprach mit dem Spitzbuben
Kralj je razgovarao s nitkovcem
"Du musst vorgehabt haben, Unheil anzurichten"
"Mora da ste htjeli napraviti neku nestašluk"
"Sonst hättest du wie ein ehrlicher Mann unterschrieben"
"inače bi se potpisao kao pošten čovjek"
Es gab ein allgemeines Händeklatschen
Uslijedilo je opće pljeskanje rukama
Und der König wandte sich an das weiße Kaninchen
I kralj se okrenu bijelom zecu
»Lest die Verse!« befahl er.
"Čitaj stihove", naredio je
Es herrschte Totenstille im Gerichtssaal
U dvorištu je vladala mrtva tišina
und das weiße Kaninchen las die Verse vor
I bijeli zec pročita stihove
Sie sagten mir, du wärst bei ihr gewesen

Rekli su mi da si bio kod nje
Und sie erwähnten mich ihm gegenüber
I spomenuli su mu me
Sie gab mir einen guten Charakter
Dala mi je dobar karakter
Aber sie sagte, ich könne nicht schwimmen
Ali rekla je da ne znam plivati
Er ließ ihnen wissen, dass ich nicht gegangen sei
Poslao im je poruku da nisam otišao
Wir wissen, dass es wahr ist
Znamo da je to istina
Wenn sie die Sache vorantreiben sollte, was würde aus dir werden?
Kad bi ona gurnula stvar dalje, što bi bilo s tobom?
Ich gab ihr einen, sie gaben ihm zwei
Ja sam joj dao jednu, oni su mu dali dvije
Du hast uns drei oder mehr gegeben
Dao si nam tri ili više
Sie sind alle von ihm zu dir zurückgekehrt
Svi su se vratili od njega k tebi
obwohl sie vorher meine waren
iako su prije bili moji
Wenn ich oder sie die Chance haben sollte,
Ako ja ili ona slučajno postanem
Wenn ich oder sie in diese Affäre verwickelt wäre
Da smo ja ili ona bili umiješani u ovu aferu
Er vertraut auf dich, dass du sie befreien wirst
On se pouzda u tebe da ćeš ih osloboditi
Genau so wie wir waren
Točno onakvi kakvi smo bili
Ich hatte den Eindruck, dass Sie
Moja ideja je bila da ste bili
Bevor sie diesen Anfall hatte
Prije nego što je dobila ovaj napadaj
Ein Hindernis, das dazwischen kam
Prepreka koja se našla između
Er und wir und es

On, i mi, i to
Lass ihn nicht wissen, dass sie ihr am besten gefallen haben
Nemojte mu dati do znanja da su joj se najviše sviđali
Denn dies muss für immer ein Geheimnis bleiben, das vor allen anderen verborgen bleibt
Jer to mora zauvijek biti tajna, čuvana od svih ostalih
Dieses Geheimnis muss ein Geheimnis zwischen dir und mir bleiben
Ova tajna mora ostati tajna između tebe i mene
Der König war sehr beeindruckt
Kralj je bio vrlo impresioniran
"Das ist das wichtigste Beweisstück, das wir bisher gehört haben"
"To je najvažniji dokaz koji smo do sada čuli"
»Ich glaube nicht, daß diese Verse auch nur ein Atom Bedeutung haben,« wandte Alice ein
"Ne vjerujem da ti stihovi nose ni atom značenja", prigovorila je Alice
der König hatte seine eigene Meinung zu dieser Angelegenheit
kralj je imao svoje mišljenje o tom pitanju
"Wenn diese Worte keinen Sinn haben, erspart das eine Menge Ärger"
"Ako u tim riječima nema smisla, to spašava svijet nevolja"
"Dann brauchen wir nicht zu versuchen, den Sinn zu finden"
"Onda ne trebamo pokušavati pronaći smisao"
"Lassen Sie die Geschworenen über ihr Urteil nachdenken"
"Neka porota razmotri svoju presudu"
»Nein, nein!« sagte die Königin
"Ne, ne!" reče kraljica
"Erst die Verurteilung, dann das Urteil"
"Prvo izricanje kazne, a nakon toga presuda"
"Zeug und Unsinn!" sagte Alice laut
"Gluposti i gluposti!" rekla je Alice glasno
"Wie dumm ist es, den Angeklagten zuerst zu verurteilen!"
"Kako je glupo prvo osuditi optuženika!"

»Schweige!« sagte die Königin und färbte sich violett an
"Šuti!" reče kraljica, postajući ljubičasta
"Ich werde nicht den Mund halten!" sagte Alice
"Neću držati jezik za zubima!" reče Alisa
schrie die Königin aus voller Kehle
Kraljica je viknula iz sveg glasa
"Hack ihr den Kopf ab!"
"Odsijeci joj glavu!"
Niemand machte eine Bewegung
Nitko nije napravio pokret
"Wen kümmert es, was du sagst?" sagte Alice
"Koga briga što govoriš?" upita Alice
Zu diesem Zeitpunkt war sie bereits zu ihrer vollen Größe herangewachsen
Do tada je već narasla do svoje pune veličine
"Du bist nichts als ein Kartenspiel!"
"Ti si ništa drugo nego paket karata!"
Bei diesen Worten hoben sich alle Karten in die Luft
Na to su se sve karte podigle u zrak

und alle Karten flogen auf sie herab
i sve su karte letjele na nju
Sie stieß einen kleinen Schrei aus
Malo je vrisnula
Sie war halb erschrocken, aber auch wütend
Bila je napola uplašena, ali i ljuta
Und sie versuchte, sich gegen die Karten zu wehren
i pokušala se boriti protiv karata
Und dann fand sie sich auf der Grasbank liegend
a onda se našla kako leži na travnatoj obali
Ihr Kopf lag im Schoß ihrer Schwester
glava joj je bila u krilu njezine sestre
Einige abgestorbene Blätter waren auf ihrem Gesicht gelandet
Nešto mrtvog lišća sletjelo joj je na lice
und ihre Schwester wischte vorsichtig die Blätter weg
a njezina je sestra nježno četkala lišće
»Wach auf, liebe Alice!« sagte die Schwester
"Probudi se, Alice draga!" reče njezina sestra
"Was für einen langen Schlaf hast du gehabt!"
"Kako si dugo spavao!"
"Oh, ich habe so einen merkwürdigen Traum gehabt!" sagte Alice
"Oh, sanjala sam tako čudan san!" reče Alice
Und sie erzählte ihrer Schwester alles, woran sie sich erinnern konnte
I rekla je sestri sve čega se mogla sjetiti
all die seltsamen Abenteuer, von denen Sie gerade gelesen haben
Sve čudne avanture o kojima ste upravo čitali
Alice stand auf und rannte davon
Alice je ustala i pobjegla
Und während sie lief, dachte sie an ihren Traum
i dok je trčala razmišljala o svom snu
"Was für ein wunderbarer Traum das gewesen war!"
"Kakav je to divan san bio!"

9 781835 667699